KB120746

또
하나의
계절,
화성

이 숙한 산문집

살면서 겪은 즐거움과 기쁨, 행복,
슬픔과 아픈 마음이 감사함이 되기를
만에 하나라도
어쭙잖은 내 이야기를 듣고
조금이라도 위로가 되고
따뜻해졌으면 하는 마음에서
이 글을 써봅니다

2022년 10월
이숙한

목차

003 작가의 말

1부
_____

010 상추 도둑

014 둥지

017 새들의 천국

019 너구리의 겨울

022 노란색 보아 구렁이

027 뱁새 하우스

031 잡초와 뿌리

035 참새 한 마리

039 어머니와 옥잠화

041 그릇

044 겨울 나비

046 바지락 할머니

2부
_____

052 수제비

054 만두

058 습관성 오류

060 방울 소리

063 얼룩 송아지

066 둘도 없는 친구

070 자린고비

074 첫아이

078 결혼은

081 쌍가락지

085 약속이나 한 것처럼

089 훈련병 24시

3부
_____

096 개똥참외

100 고구마 순 김치

103 날지 못하는 새

107 만남

111 무녀리

115 병이 도졌다

119 무자위

122 보약

125 임상리에서

128 탈출

130 할머니의 주머니

132 후회

136 댓잎과 동치미의 사랑

4부
_____

142 예지몽

146 또 하나의 계절, 화성

153 다르다는 것

156 홀리다

162 첫 발자국

165 대나무 연대기

168 바닷물 한 모금

172 에피소드

176 장사와 장사치

180 하늘로 오르는 계단

185 고백

189 이별은 영화 대사 같은 것

5부
_____

196 고장 난 하루

200 도전기

204 비우려고 하면

208 소원 풀이

213 30초만 늦었어도

219 쌍봉산

223 자화상

226 지붕을 타고 날아온 책장

231 현수막

234 통증에서 자유롭기

239 저 양성입니다, 축하해주세요

242 된장 살리기

1부

상추 도둑

칠월이라 더우니 식구들이 입맛을 잃은 거 같다.

돼지고기 뒷다리 사태와 삼겹살을 압력솥에 넣고 자작하게 물을 부어 된장과 생강, 양파, 더덕 술을 넣고 이십여 분 삶았다. 쌈장을 만들고 여름철 입맛 살려 주는 보약 같은 상추를 구하러 화단 밭으로 갔다.

어릴 적 할머니 말씀이, 살랑거리는 바람은 여인이 머리를 빗고 치마를 털 때 나는 가벼운 바람이라고 하셨다.

치맛바람에 간지럼을 타는 고추들이 바구니로 걸어왔다.

콧노래를 부르며 나오는데 얼핏 보니 상추밭이 썰렁하다.

찬찬히 살펴보았더니 텅 비어 있다.

"어, 뭐지, 상추밭이 왜 이리 썰렁한 거야, 누가 우리 집 상춧잎을 모조리 따간 거지?"

나도 모르게 '악' 하고 소리를 지르고 말았다. 마음씨 착한 단풍나무가 만들어 준 그늘에서 주름치마를 팔랑거리며 눈웃음치던 상춧잎이 실종되었다.

아뿔싸! 상춧잎이 전멸하고 상추 대만 외발로 서 있다. CCTV라도 걸어 두었더라면 범인을 알아낼 수 있었는데, 애벌레의 짓이라면 잎만 뜯어 먹었을 것인데 새순까지 먹어 치우다니? 도저히 풀리지 않는 미스터리다. 상추 도둑을 공개 수배해야 하나, 아니면 지구대에 신고해야 하나. 어떻게 할지 난감했다.

주인의 허락도 받지 않고 상춧잎과 새순까지 먹어 치운 인정머리 없는 상추 도둑이 너무 밉상이다. 수육을 먹으려니 상추쌈이 간절히 그리워진다.

며칠 전 근처 휴경지에 수풀처럼 우거진 잡초 사이 송아지만 한 고라니가 풀을 뜯고 있다가 내가 지나가니 놀라서 껑충껑충 날아서 잡풀 속으로 사라졌다.

여름의 한복판이라 더운 건 이해가 가지만 목뒤에서 시도 때도 없이 고장 난 수도꼭지처럼 땀방울이 흐른다. 방금 두른 마른 수건이 축축해졌다. 병원에서 영양제를 한 병 맞았는데 여전하다.

한의사님은 혈액 순환이 되지 않아 몸에 압력이 차서 그런 거라며 보약을 먹으라고 권했다. 외출하고 대문을 열고 들어서는데 단풍나무 화단을 보니 밤색 고양이 실루엣이 눈에 들어왔다. 녀석은 상추밭에서 고개를 숙이고 상추를 뜯어 먹고 있던 모양이다. 대문에서 상추밭까지 불과 삼십 미터 거리인데 '삐거덕' 대문 여는 소리에 녀석이 얼굴을 쳐들었다.

멀리서 보아도 당황하는 빛이 역력했다.

'고양이는 상추를 먹지 않는데?' 의아하게 생각되어 낮은 포복으로 몸을 숨기고 도둑질하는 현장을 증거로 남기기 위해 핸드폰 카메라를 켜고 다가갔다. 녀석은 내 발소리에 놀라 혼비백산 냅다 줄행랑을 쳤다. 도망치는 뒷모습이 사랑스럽고 귀여워 폰에 담으려고 쫓아가니 긴 다리로 쏜살같이 뛰어갔다. 녀석은 서두른 까닭에 울타리 펜스에 머리가 걸려 안절부절못하며 어찌할 바를 몰라 허둥대더니 방향을 돌려 대문 쪽으로 뛰었다. 먹튀 하는 현장에서 범인을 쫓고 있지만 뛰어가는 모습이 번개 같아 도저히 따라잡을 수 없다. 뒷모습을 보니 노루가 아니고 어린 고라니였다. 죽기 살기로 도망치는 어린 고라니의 뒷모습을 보며 실성한 사람처럼 깔깔 소리 내서 한참을 웃었다.

본시 웃음보가 터지면 웃음이 끝없이 나오는 이상한 버릇이 있는지라 너무 많이 웃었더니 눈물이 나왔다. 눈물 섞인 목소리로 어린 고라니 뒤통수에 대고 말했다.

"어린 녀석이 우리 집 상추 맛은 알아서 하 하 하 네가 바로 그 밉상 상추 도둑이었구나!"

어린 고라니는 방향을 바꿔 베란다 쪽으로 날아갔다. 사철나무 오솔길로 뛰어가더니 대나무 작은 숲을 지나고 밤나무 산언덕 아래 잡풀이 우거진 풀밭에 몸을 숨기더니 귀여운 모습이 시야에서 사라졌다. 아픈 몸 때문에 우울했는데 몇 년치, 웃음을 앞당겨서 웃었더니 몸도 가볍고 기분이 좋아 콧노래가 절로 나왔다. 쌉싸래한 상추 맛에 반한 어린 고라니의 행복한 식사 시간을 덜렁이 아줌마가 망친 셈이다.

둥지

중학생인 막내아들에게 엄마표 수제 돈가스로 든든하게 배를 채우고 등교하도록, 전날 만든 돈가스를 튀기기 위해 환풍기를 켰는데 빈 모터 돌아가는 소리만 나고 냄새가 전혀 배출되지 않았다.

설상가상으로 주방 창문 위 환풍기까지 전혀 미동이 없다. 일단 돈가스를 튀겨 아침을 든든하게 먹여 보내고 설거지하는데, 후드 장에서 부스럭거리는 소리가 들렸다. 온몸의 신경세포를 곤추세우고 소리의 실체를 찾았다.

'혹시, 생쥐가 후드 장 안에 침입한 거 아닌가?'

불길한 예감이 들어 의자를 밟고 올라가 후드 장을 열었다. 그 안은 조용하고 아무런 움직임이 감지되지 않았다. 후드 장을 닫았다. 잠시 후 또 소리가 났다.

　생명체의 소리가 후드 장 안 은색 연통에서 나는 것 같아 망설임 없이 은색 연통을 뽑아냈다. 가벼워야 할 연통이 무겁다. 너무 이상해서 연통 속을 들여다보니 이럴 수가, 지푸라기 뭉치가 빼곡히 들어 있었다. 누군가 심술을 부리기라도 한 걸까. 연통이 막혔으니 냄새 배출이 되지 않을 수밖에. 2미터나 되는 연통 안의 지푸라기를 한참 동안 뽑아내는데, 연통 깊은 자리에 마른 이끼와 부드러운 개털과 새털로 뭉쳐진 둥지가 나왔다. 그 안에 작고 앙증맞은 회색 알이 하나 있었다. 어미 새가 칼바람을 피해 따뜻한 연통 안에 알을 낳았다. 그런 줄 모르고 찬바람을 수없이 내보냈으니, 어미 새는 황량한 들판을 수없이 오가며 지푸라기를 물어다 은색 연통 속을 차곡차곡 채워 나간 것 같았다. 어미 새의 모정에 감동했다. 하지만 나 역시 가족들의 건강이 우선이니 선택의 여지가 없다. 막힌 통로를 뚫고 나니 냄새 배출이 원활하게 잘 되었다. 앙증맞은 회색 새알! 생명의 신비 그 자체다.

　생일날 선물로 받았던 빈 꽃바구니의 연통에서 빼냈던 지푸라기를 채우고 가운데에 회색 알과 둥지를 넣고 바구니 겉은 찬바람이 들어가지 않게 비닐로 감쌌다. 건물 벽 밖으로 튀어나온 은색 연통 근처에 대롱대롱 매달았다.

꽃바구니 둥지를 에워싼 비닐이 칼바람에 나풀댄다.

며칠을 두고 봐도 꽃바구니 둥지는 바람에 흔들릴 뿐 어미 새가 들어간 흔적이나 움직임이 보이지 않는다.

회색 새알을 발견한 날, 마당의 뽕나무에 앉아 구슬피 울던 새가 회색 알의 어미 새였을까.

제발 어미 새가 회색 알의 체취를 찾아냈으면 좋겠다. 은색 연통 안에서 빼낸 지푸라기 뭉치를 다시 넣을까 생각도 해 보았으나 시간을 처음으로 돌릴 수는 없다. 인위적으로 알을 부화시켜 볼까 하는 생각도 들었다. 회색 알이 부화하는 것 또한 운명에 맡겨야겠다.

새들의 천국

대한 추위가 사나흘 지났어도 찬바람이 옷깃을 파고든다. 따뜻한 햇볕이 감도는 오후 큰아들과 함께 대문을 나섰다.

며칠 전 내린 폭설로 산과 들 그늘진 곳은 눈이 쌓여 있다. 넓은 들, 병풍처럼 펼쳐진 논은 새들의 천국이다. 수백 마리 청둥오리 떼가 겨울 하늘을 가득 메웠다. 기러기들도 하늘 높이 날아올랐다가 차가운 논바닥에 내려앉아 허기진 배를 채운다. 눈이 펑펑 내릴 것 같은 회색 하늘을 가득 메운 청둥오리 떼가 질서 정연하게 내려앉는 모습이 가히 장관이다. 우리가 가까이 다가가니 하나, 둘 하늘로 날아올라 순식간에 하늘이 청둥오리로 채워졌다. 정찰병 선발대 새가 공중을 빙빙 돌다 저만치 내려앉자 나머지 무리도 그 옆에 내려앉는 모습이 환상적이다.

　살얼음 사이에 있는 물을 마시느라 기다란 목을 논바닥에
처박고 있는 왜가리의 모습이 동화의 나라에 온 거 같다.
　외진 벌판이라 천적들의 출현이 없어서 새들이 유유자적
먹이를 먹는 모습이 고즈넉하다. 청둥오리들은 매서운 한파
와 냉풍을 이기려고 몸을 부풀린 것인지 통통하게 살이 올랐
고 깃털이 반짝반짝 윤이 나서 공작새 못지않게 멋진 모습이다.
　고니 떼가 날아오더니 청둥오리 근처에 떼를 지어 앉았다.
우리 발소리에 놀란 건지 뭐라 재잘거리더니 무리에게 신호
를 보냈는지 먹이를 쪼아 먹던 동작을 멈추고 일제히 하늘로
날아올랐다. 청둥오리 무리도 날아올라 하늘을 가득 메우고
빙빙 돌더니 저만치 떨어진 논에 내려앉았다.
　수백 마리 새들이 대열에서 이탈하지 않고 일사불란하게
움직이는 모습이 한 폭의 동양화 같다. 매년 겨울이면 경기도
화성시 장안면 덕다리 앞의 너른 들은 새들의 천국이다.

너구리의 겨울

2010년 1월 셋째 주 일요일 큰아들과 걷기 운동을 했다.

대수로 가에는 철조망이 있고 수로 양쪽 벽을 연결해 주는 좁은 다리가 일정한 간격으로 놓여 있다. 수로 안에는 급물살에 떠밀려 온 흙과 모래가 퇴적되었고 어른 발목이 찰 정도의 물에는 붕어, 민물 새우와 피라미, 버들치가 얼음장 아래 한가롭게 노는 모습을 보았다. 머리카락처럼 가는 풀은 푹신한 이불인 양 손바닥만 한 붕어들이 한가로이 오가는 모습이 평화로워 보인다. 대수로는 논에 물을 공급해 주기 위해 만든 인공 수로라 민물에 사는 생물들에게는 최적의 환경은 아니지만 부드러운 개흙 성분이 밑에 깔려 있어서 다행이다.

끝없이 이어지는 넓은 평야는 바람을 가둘 창고가 없다.

야트막한 산이 줄곧 있어 고라니나 너구리, 노루 같은 동물들이 사는 모양이다. 논이나 하천에는 마실 물이 풍부하고 벼알이 널려 있고 땅속에는 미꾸라지나 우렁이 등 먹을 것이 풍부해서 동물들에게 먹이 은행인 셈이다.

주변의 산길을 걸으면 청설모와 다람쥐, 산토끼를 만난다. 추수철에는 너구리가 개구리를 잡으러 논으로 내려온다. 아들과 한참을 걸었더니 땀이 많이 나서 몸이 축축하지만 매서운 찬바람이 피부에 와서 감기니 상쾌하고 감미롭다. 우리는 대수로 안에 쌓인 눈을 보며 걸었다. 하천 안 하얗게 쌓인 눈 위에 동물의 발자국이 보였다. 개나 고양이 발자국이 아니고 다른 동물 발자국 같다. 큰아들이 말했다.

"어머니, 너구리가 미꾸라지를 잡으려고 수로에 들어간 게 아닐까요, 하천으로 연결되는 통로가 보이지 않던데."

"그러게, 대수로에 들어가서 우왕좌왕하다 미로에 갇힐 수 있는데, 일단 걸어가면서 잘 살펴보자."

한참을 가다 보니 발자국이 우측으로 연결된 실개천에서 끝났다. 아들은 형사처럼 수로로 내려가서 확인하더니 작은 통로를 발견했다.

"어머니, 이거 보세요. 동물들이 생각보다 똑똑한데요. 이렇게 높은데, 실개천으로 어떻게 올라갔을까요?"

"어미는 껑충 뛰어 올라가고 새끼는 올라가지 못해서 수로에서 얼어 죽었으면 어떻게 하지?"

"역시 어머니는 동화 작가라서 상상력이 풍부하시네요, 발 자국이 작은 것을 보니 새끼가 맞는 거 같아요."

한참을 가다 보니 대수로 안에 생후 두세 달 된 강아지 크 기의 동물이 꽁꽁 언 눈 위에 누워 있었다. 우리가 우려했던 일이 현실이 된 거 같다. 아직은 동면 기간인데 어쩌다 수로 에 갇혀서 나오지 못한 걸까. 작년 가을 대수로 옆 칡넝쿨이 우거진 산을 굴삭기로 밀고 터를 다져 공업 단지가 생기고 기 업체들이 입주했다. 그 산에 살던 너구리가 굴을 잃고 방황한 걸까.

노란색 보아 구렁이

경기도 화성시 장안면 독정리 858-1번지. 내가 심고 키운 나무들 뽕나무, 배나무, 라일락, 호두나무, 자두나무 등 나무를 잘 키운다는 명목으로 긴 시간 폭력을 행사했다.

전지가위로 나무들의 뼈와 살을 잘라 냈을 때 나무들은 얼마나 아팠을까, 나무들의 아픔은 전혀 배려하지 않았다.

수폭은 둥글게, 기둥 줄기는 굵게, 키는 너무 크지 않게 길러야 태풍에 넘어가지 않는 굵직한 줄기를 가진 멋스러운 나무가 된다는 내 나름의 법칙을 세웠다.

나무들은 간섭받지 않은 자유로운 삶을 꿈꾸는지 모른다. 내가 폭력을 행사해도 뽕나무는 오디를 까맣게 익혔다. 오디는 땅에 떨어지면 그곳이 어디든 쑥쑥 잘 자란다.

사랑하는 나무들의 뼈를 깎는 고통은 그만 주어야겠다.

마음을 비워야 한다면서 아직도 미련을 버리지 못한다. 올해도 배나무 가지 가득 사랑이 주렁주렁 매달렸다. 열매 솎음을 해 주고 싶으나 새들의 간식이라 그만두었다. 새들은 내가 무농약으로 배를 키우는 것을 잘 알고 있다. 새들이 잔치하고 남은 배를 맛보는 것도 즐거움이었다.

배나무와 호두나무, 자두나무 아래 수북한 잡풀도 제거해 주려고 가까이 다가갔다. 얼핏 보니 기다란 것이 눈에 띄었는데 옅은 노란색 바탕에 진노랑 무늬의 알록달록한 옷을 입은 황금 뱀 노란색 보아 구렁이의 새끼와 우연히 마주쳤다.

어린 왕자가 만난 보아 구렁이보다 작은 종이라지만 1미터 가까이 되어 보였다. 날 보고 놀라는 기색이 전혀 없고 무슨 일이기에 호들갑이냐고 묻는 것 같았다. 애완용으로 키우던 황금 뱀이 밖으로 외출을 나온 걸까. 느긋하게 일광욕하는 중인데 내가 방해한 모양이다. 나는 세상의 동물 중에서 뱀을 제일 싫어한다. 하지만 황금 뱀은 빛깔이 예뻐서 예외이다. 황금 뱀이 선뜻 길을 내주지 않아 바구니를 슬쩍 밀었더니 긴 몸을 스르르 이끌고 다른 곳으로 자리를 옮겼다.

1993년경 화성시 장안면 장안리 989번지에 살 때였다. 거실 앞에 심은 앵두나무에 앵두가 탐스럽게 열려 있어서 따러 갔는데 하얀 뱀이 앵두나무 가지에 올라가 있었다. 앵두를 따 먹으러 올라간 걸까.

뱀은 딸기와 앵두를 따 먹으러 온 새를 기다리기 위해 숨어 있는지 모르겠다. 일명 백사인데 사람의 눈에 잘 띄지 않는 종이라고 한다. 앵두나무 아래에는 딸기가 빨갛게 익어가고 있었다. 뱀이 단맛이 나는 딸기와 앵두를 좋아한다는 것을 알았다. 장안면 독정리 858-1번지에 살 때도 딸기를 심었다. 딸기를 따러 가면 뱀이 딸기밭에 있는 것을 여러 번 목격했다. 뱀은 육식성인데 그늘진 곳을 좋아하다 보니 딸기밭에 많이 있었던 모양이다. 딸기와 모양이 비슷한 뱀딸기가 있는데, 습한 곳에 잘 자라는 식물이라 그곳에 뱀이 많았던 모양이다.

옛 어른들이 뱀딸기는 뱀이 먹는 딸기라고 하며 뱀이 위험하니 가지 말라고 어릴 적 우리에게 가르친 모양이다. 뱀도 단맛이 나는 딸기나 배, 앵두 같은 과일을 좋아하는 걸까. 뱀은 육식 동물인데 조류도 아니고 내가 사는 동네는 세상에 흔하지 않은 것들이 존재한다.

1960년대 내가 태어난 고향에 옛 주소인 전북 익산군 팔봉면 임상리(동사동)494번지 대나무 숲에는 밤이 되면 온갖 새들이 와서 피곤한 날갯짓을 내리고 휴식을 취한다. 밤색 족제비도 대나무 숲의 버드나무 아래에 산다. 비 오는 날 도깨비불이 마당에서 춤을 추는 것을 보았다. 소싯적 친정어머니는 등잔불 아래서 새벽까지 졸며 바느질하다 보니 부엌에서 머리에 뿔이 난 도깨비들이 밥을 짓느라 웅성거렸지만 무서워 나가 보지 못했다. 아침에 부엌으로 가 보니, 도깨비들이 가마솥 안에 모래를 넣고 밥을 지었다는 것을 발견한 것을 전해 들었다.

비 오는 날이면 춤을 추며 돌아다니는 도깨비불을 어린 내 눈으로 자주 목격해서 그런지 무섭지 않았다. 두꺼비가 산다는 수멍(논에 물을 대거나 빼기 위하여 둑이나 방축 따위의 밑으로 뚫어 놓은 구멍)이 친구네 논에 있었다. 그땐 두꺼비를 만난 적이 없어서 무서운 존재로 알았다.

경기도 화성시 장안면 독정리에 살 때 희귀 동물이 있었다. 꽃밭의 풀을 뽑다 보면 옥잠화 큰 잎이 늘어진 그늘에 금두꺼비가 살아서 자주 만났는데 오동통하고 귀여웠다. 두꺼비도 개망초 향기 그윽한 우리 집이 좋았던 모양이다.

2018년에 옥잠화 잎 그늘을 보니 두꺼비 집이 비어 있었다. 금두꺼비가 이사를 간 것일까, 노란색 보아 구렁이가 넓은 마당의 수문장이 되어서일까. 금두꺼비는 무뚝뚝하지만 날 보면 반가워했다. 옥잠화 그늘에서 낮잠 자다 내가 잡초 뽑는 소리를 듣고 부스스 잠이 깼다. 예쁘다고 이마를 쓰다듬어 주었더니 이마를 내준 채 가만히 있었다. 금두꺼비도 내 손길을 기억하고 있는 모양이다. 화단 아래 좁은 수로가 사라지고 시멘트 용수로가 생겼다. 두꺼비 가족이 이사를 간 시점이 그 무렵이다.

두꺼비 가족이 소식이 없이 옥잠화 잎 편지를 띄웠다.

두껍아, 오동통한 너의 모습이 그립고 보고 싶다.
네가 사는 동화의 나라를 떠나려 하니 발길이 떨어지지 않는다.
동화의 나라 주소는 경기도 화성시 장안면 독정리 858-1번지다.
사월이 되면 라일락 꽃향기가 가슴 시리도록 가득한 이곳
보라색 도라지꽃이 피고 분홍빛 웃음 짓던 꽃잔디가 늘어지게
피는 이곳 동화의 나라로 널 다시 초대하고 싶다.

2018년 6월에
널 그리워하며

뱁새 하우스

집 뒤 언덕 대나무와 사철나무 작은 숲, 새 요정들의 맑고 청량한 노래와 댓바람의 춤사위가 익어 간다. 풀꽃 향기 그윽하게 퍼진 동화의 나라가 아침을 맞는다. 사철나무 가지를 잘라 흙 속에 묻으니 초록색 잎이 누렇게 시들면서 연두색 꿈이 올라온다. 희망의 울타리를 만드느라 십 년의 세월을 보냈다. 위로 삐죽 올라온 가지를 다듬었더니 가지가 울창해졌다. 붉은 철쭉이 꽃망울을 터뜨리고 초록빛 사철나무가 어울려 보색으로 대비되어 멀리 찻길에서 봐도 무척 아름다웠다.

삐죽 올라온 가지를 자르던 중 대형 사고를 내고 말았다. 얼기설기 얽힌 철쭉 가지 사이에 둥글게 뭉쳐진 마른풀 덩어리를 벌레집인 줄 알고 싹둑 잘라 냈다.

그런데 '이를 어쩌나?' 마른풀 덩어리가 다름 아닌 작고 귀여운 새 둥지였다. 그 안에는 파란 하늘을 닮은 구슬만 한, 하늘색 새알 다섯 개가 가지런히 놓여 있었다.

'파랑새 알이라 하늘을 닮아서 파란색 알을 낳은 걸까.'
하늘색 알은 난생처음 보는 거라 호들갑을 떨었다. 어미 새가 둥지를 짓기 위해 몇천 번이나 산과 들로 수없이 오갔을 터인데, 어찌하면 좋을까. 어미 새에게 내가 폭력을 행사한 모양이다. 알이 작으니 어미 새도 작을 터. 큰아들에게 하늘색 알을 찍은 사진과 실물을 보여 주었다. 늘 덤벙대는 것이 내 특기지만 궁금증을 참지 못하는 성격이라 실수를 만회하기 위해 부랴부랴 하늘색 알이 담긴 둥지를 있던 자리에 그대로 꽂았다. 큰아들이 붉은머리오목눈이 뱁새 알이라고 말해 줬다. 참새는 머리가 밤색이고 뱁새는 머리가 붉은 갈색이다. 매일 아침 아름다운 휘파람 소리로 노래를 불러 주던 새 요정 이름이 뱁새였다. 앙증맞은 하늘색, 사랑스러운 붉은머리오목눈이 뱁새 알, 어미 새가 품어 주기를 기다리며 한 달을 보냈는데 내게는 십 년과 같이 긴 시간이었다.

땅과 불과 1미터 높이에 있는 뱁새 둥지, 사철나무와 철쭉나무 잔가지 촘촘한 틈에 은밀하게, 벌레집으로 위장한 둥지를 만들고 알을 낳은 어미 뱁새의 지혜에 감동했다. 어미 새가 갸륵하다 못해 거룩했다. 둥지가 달린 가지를 다시 이어 붙일 수 없어 주변의 튼튼한 가지에 흔들리지 않게 잘 묶어 주었다. 이미 엎질러진 물이니 자책하지 않고 대책을 강구했다. 어미 새가 귀중한 알을 품어 주길 기도하는 마음으로 붉은머리오목눈이 아기 뱁새들이 태어나 휘파람 노래로 합창해 주길 바라는 마음으로 간신히 참았다. 한 달이 지나자 콩콩거리는 마음을 가라앉히고 둥지에 가까이 가 보니 둥지가 비어 있었다.

교육 방송 '동물의 세계' 프로에서 봤는데 뻐꾸기는 남의 새의 둥지에 알을 낳고 다른 새에게 대신 육아를 맡기는 얌체 새인데 뱁새가 제일 만만해서 뱁새 둥지에 알을 낳았다고 한다. 어미 뱁새는 뻐꾸기 알이 자기 알이라고 따뜻하게 품어 주어 부화했다. 뻐꾸기 새끼는 몸이 커지니 좁은 둥지에 꽉 들어찼고 부화하지 않은 뱁새 알을 등과 다리로 밀어 하나, 둘 둥지 밖으로 떨어뜨리는 모습을 보았다. 그런 줄도 모르고 어미 뱁새들은 식욕이 왕성한 뻐꾸기 새끼에게 거두느라 쉴 틈이 없이 바빴다. 더구나 뻐꾸기 새끼가 뱁새 새끼와 비슷한 목소리를 내서 어미 새도 깜박 속았다고 한다.

우리 집 어미 뱁새는 지혜로워서 둥지를 보이지 않는 곳에 만들고 위장하여 뻐꾸기에게 들키지 않아서 대견하다. 그리고 여러 날이 지났다.

내 귀에 휘파람새의 합창 소리가 환청처럼 들린다. 어린 뱁새들이 자라더니 필하모니 오케스트라 공연처럼 멋진 합창이 장안면 독정리 동화의 나라에 울려 퍼졌다. 그건 환청이 아니고 뱁새 가족의 멋진 합창이었다.

잡초와 뿌리

개밥을 주러 갔다가 개집 옆에 있는 복숭아나무가 시야에 들어왔는데, 가지와 잎이 진딧물로 허옇게 뒤엉켜 있었다.

무당벌레들이 열심히 진딧물을 잡아 주어도 개체 수가 워낙 많다 보니 당해 낼 재간이 없다. 복숭아가 많이 매달려 있어 열매 솎음을 여러 번 했으나 여전히 복숭아가 많이 매달려 가지가 휘어져 있다. 힘겹게 버티는 복숭아나무를 보니 부모님이 생각났다. 많은 자식을 키우고 입히느라 등과 허리가 구부러지셨다. 지금처럼 자식을 한두 명만 낳으면 덜 힘들겠지만 아이가 생기는 대로 출산하다 보니 복숭아나무처럼 휘어진 것. 가지 많은 나무 바람 잘 날 없다고 하더니 힘겹게 사셨다.

예산에서 사과 과수원 하는 친구가 내게 말하기를

"복숭아나무는 가지가 그늘을 만들면 안 돼. 위로 자란 가지는 잘라 내야 가지에 햇볕도 잘 들고 통풍도 잘 돼서 복숭아가 잘 자라고 나중에 따기도 좋아."

친구의 말을 들으려고 했지만 큰아들이 나무가 울타리가 되려면 키가 커야 한다고 해서 그 의견을 따랐다.

흩어져 구르는 개똥을 치우는데 복숭아나무가 말을 건다.

"아줌마, 가랑이 옆이 답답해요. 숨이 막혀 죽을 거 같아요. 바람 소리, 새소리 듣고 싶어요. 잡초들이 발을 걸어 넘어질 거 같아요. 제발 잡초를 뽑아주세요!"

엊그제 비가 많이 내리더니 잡초들의 전성기가 되었다. 복숭아나무가 발을 쭉 뻗고 살 수 있게 잡초를 뽑았다.

다시 비 소식이 들린다. 전원생활은 잡초와의 전쟁이다.

일 년생 도라지는 잡초에게 자리를 빼앗겨 실뿌리로 버티며 서 있는데 가냘픈 몸매가 작은 바람에 하늘거린다. 올해 갓 태어난 어린 도라지도 산들바람에 휘청댄다. 급한 성격 탓에 장화도 신지 않고 반소매 옷을 입고 잡초 뽑는 작업을 하다 가시 풀에 긁히고 찔려 팔다리가 성한 곳이 없이 생채기가 생겼다.

5년생 굵은 포도나무 그늘은 습도가 높아 잡초 천국이다. 뿌리 근처에 개똥과 음식물 찌꺼기, 장수풍뎅이 배설물이 섞인 톱밥을 깔아 주고 뽑은 잡초 이불로 덮어 주었다. 땅속 전

사 지렁이들이 흙을 거름지게 일궈서 포도나무 줄기에 매달린 포도알이 윤기가 나고 제법 실하다. 봉지를 씌워야 하지만 번거로워 그만두었다. 벌레들의 근접을 막기 위해 목초액을 두세 번 뿌려 주었다.

과일나무를 키우다 보니 농부이셨던 아버지의 마음이 짐작이 간다. 식물을 기를 때 자식을 키우는 마음이란 것을 조금은 알 것 같다. 아버지처럼 나무나 식물에게 말을 걸기도 하고 야단을 치기도 한다. 송충이들이 뽕나무 잎이 약인 줄 어떻게 아는지 총공격하더니 뽕잎들이 하얀 그물망이 되었다. 하루살이도 진딧물이 남긴 이물질을 먹느라 북새통이다. 뽕나무는 수난의 시대를 견디며 꿋꿋이 오디를 키워 냈다. 뽕나무 아래 촘촘한 넓은 망을 가지에 매달고 뽕나무 가지를 흔드니 까맣게 익은 오디가 우수수 떨어졌다. 까치들도 오디 맛에 취해 종일 뽕나무에 열려 있다. 떨어진 오디를 선별하여 설탕에 하루 동안 재우고 과일주용 수주를 부었더니 보랏빛 오디술이 되었다. 오디 향이 그윽하고 빛깔도 포도주처럼 아름답다. 오디술은 위장과 배변을 돕고 젊어지고 혈색도 좋아지며 맛과 색깔, 향이 좋다. 유월은 오디의 계절이다.

우리 집 강아지들이 복숭아나무 뿌리 밑을 후벼 파더니 복숭아나무 뿌리에 바람이 들어 나무가 건조해지고 면역력을 잃어 진딧물에 잠식이 된 거 같다. 뒤늦게 알아차리고 뿌리 위에 흙을 듬뿍 돋아 주었지만 이미 때를 놓쳐 버린 후였다. 나무의 생명은 뿌리다. 뿌리가 기력을 잃으니 복숭아가 성장이 멈췄다. 잎은 시들고 가지만 앙상하더니 생명력을 잃어 갔다. 개들은 야생 본능에 충실해서 앞발로 땅을 파헤치고 굴을 파고 그 안에 들어가 편안하게 누워 있다. 뿌리가 마른 복숭아나무는 영원히 살아나지 않았다. 이듬해에도 맛있는 복숭아를 구경할 수 없었다. 복숭아나무 굵은 기둥과 뼈대는 우리 집 생쥐 사냥꾼인 고양이 나리의 놀이터가 되었다.

*2008. 계간다시올문학 수필 부문, 신인문학상수상, 수필 등단.

참새 한 마리

2017년 4월 휴일 오전 아침밥을 짓기 위해 주방으로 갔다. 어디선가 '바스락바스락' 소리가 들렸다. 생쥐가 들어온 것일까 걱정되었으나 소리의 실체를 알 수 없어 답답했다. 까치발을 들고 다가갔더니 바스락 소리가 뚝 끊겼다. 생쥐는 끈끈이 끝을 잘라 벽면에 바짝 붙이고 먹을 것을 중앙에 올려놓고 유인하면 간단하게 잡힌다. '바스락' 소리가 또 들린다. 세탁기 근처가 분명하다. 숨소리를 죽이고 가만가만 다가가니 소리가 멈췄다. 눈을 크게 뜨고 귀를 세우고 주변을 두리번거렸는데 어이없게도 이제 막 날갯짓을 시작한 철부지 어린 참새다. 귀여운 어린 참새의 등장에 웃음이 터져 나왔다.

"너, 아기 참새였구나! 뭐 하러 들어왔어, 들어올 때는 마음대로 들어왔지만 나가는 길은 찾기 어려울 텐데. 세탁기 옆 창문을 열어 놓을 테니 그리로 나가렴?"

어린 참새는 모험만 가득하고 무모하고 조심성이 없는 게 영락없이 어릴 적 나와 닮아 있었다. 나와 눈이 마주친 녀석은 겁에 질려 푸드덕대며 천장으로 올라가느라 애를 태웠다. 7미터 높이 투명 유리창에서 '짹짹' 애타게 어미를 부른다.

새끼 목소리를 들은 어미가 2층 유리창 너머에서 부른다. 어린 참새는 투명 유리창으로 나가려다 머리를 부딪치고 7미터 아래로 떨어져 한참 동안 정신을 차리지 못하고 누워 짹짹거렸다. 어린 참새가 다친 거 같아 치료해 주려고 다가갔더니 벌떡 일어나더니 위로 또 올라갔다.

며칠 전에도 어린 참새 한 마리가 창고 안에 날아들었다. 그때도 어린 참새를 밖으로 내보내느라 무진 애를 먹었다. 이 녀석처럼 2층 투명 유리창으로 올라가더니 7미터 아래로 추락하기를 반복했다. 시력이 나쁜 건가, 투명 유리창을 흰색으로 선팅 했더라면 참새가 열린 창문으로 착각하지 않을 텐데, 높은 곳이라 손이 닿지 않아 선팅을 하지 못했다.

지난번에도 창고에 들어온 참새를 내보내려다 포기하고 사무실에서 업무를 보다 화창한 날씨가 아까워 이불을 세탁하려고 세탁기가 있는 창고에 들어갔다. 이불을 세탁기에 넣고 세제를 넣으려고 고개를 돌렸는데 세탁물 위에 애처롭게 쓰러져 있는 참새를 발견했다. 참새를 안아 작고 앙증맞은 머리를 쓰다듬었는데 녀석은 삶을 포기했는지 내가 만져도 아무 반응이 없었다. 때마침 창고에 들어온 남자 직원에게 참새를 보여 주었더니 무표정한 얼굴로 커다란 손으로 참새를 날름 집더니 창문을 열고 허공으로 참새를 날렸다. 참새는 2미터쯤 날더니 땅으로 내려앉았다. 그때 어디서 나타났는지 주변을 배회하던 길고양이 나비가 어린 참새를 덥석 물고 도망쳤다. 어린 참새는 네 마리 새끼 고양이의 식사가 되고 말았다. 그 후 나비는 기분 좋은 추억이 어린 창문 주위를 맴돌았다.

마침 창고 안에 들어온 큰아들에게 어린 참새 이야기를 들려주었다. 바로 그때 자신의 존재를 알리기라도 하듯 바스락거리는 소리가 또 들렸다. 아들은 어린 참새를 찾아 열린 창문으로 내몰았다. 자유를 갈망한 어린 참새는 사랑하는 형제와 어미가 있는 창문 밖으로 나가기 위해 사력을 다해 2층으로 올라갔지만 닫힌 투명 유리창에 머리를 박고 7미터 아래로 미끄러졌다. 어린 참새는 포기하지 않고 수없이 벽을 타고 올라갔다. 투명 유리창을 향해 날아가서 작은 머리를 박고 까마득히 아래로 곤두박질치며 미끄러져 곧 쓰러질 거 같았다.

1층 유리창 밖에서 어미 참새가 애처롭게 새끼를 불렀다. 어린 참새는 어미에게 가기 위해 2층 창문 위의 투명 유리창에 머리를 부딪치고 아래로 추락했다.

유리창을 사이에 두고 어미와 새끼가 이산가족이 되었다. 아들의 착한 마음을 모르는 어린 참새는 플라스틱 박스 뒤에 숨고 주방 개수대에 숨고 조리대 옆에 숨고 잡힐 듯 말 듯. 드디어 안전한 구석을 발견하고 가쁜 숨을 몰아쉬며 작은 머리를 최대한 아래로 감췄다. 그 모양을 본 아들이 말했다.

　"이 녀석 머리만 숨기면 되냐, 몸도 숨겼어야지?"

　아들은 기진맥진한 어린 참새의 귀여운 밤색 머리를 쓰다듬으며 예쁘게 생겼다는 말을 여러 번 반복했다. 내가 귀여운 밤색 머리를 만져도 참새는 반응하지 않았다. 아들은 자유를 갈망한 어린 참새의 소원을 들어주기 위해 가까이에 있는 창문을 활짝 열었다. 창문 너머에 어미 참새가 다가와서 호들갑을 떨며 짹짹거렸다. 아들은 참새를 안은 손을 번쩍 올리고 손바닥을 펼치며 힘껏 날려 주었다. 조금 전까지 축 늘어져 있던 녀석이 어디서 그런 힘이 생겼는지, 대추나무 위를 힘차게 날며 날갯짓하였고 어미 참새가 짹짹거리며 그 뒤를 따랐다. 두 마리 참새는 대추나무 가지 위에 사뿐히 내려앉았다. 어미 참새의 사랑을 품은 간절한 목소리가 기진맥진한 어린 참새의 생명을 살렸는데 그건 극진한 모성애였다.

어머니와 옥잠화

예전에 나는 받는 사랑에 길들어져 있었다.

주는 사랑이 행복인 줄 몰랐다. 자식을 낳아 키우다 보니 주는 사랑이 행복인 걸 알았다. 외출하고 들어올 때 날 반겨 주는 것이 옥잠화였다. 친정 부모님이 행복했던 시절인 안성에 사실 때 사랑받던 옥잠화를 화성 우리 집으로 데려와 대문 옆에 수문장인 울창한 라일락꽃 나무 아래 옮겨 심었다. 연보랏빛 함박웃음을 지으며 나와 눈 맞춤하려고 까치발을 들고 바라보고 있었다.

바쁜 일상 속에 빠져 옥잠화를 까맣게 잊은 적도 있었다. 어머니의 옥양목 치마를 펼쳐 놓은 것 같은 옥잠화 그윽한 눈빛으로 날 바라보는 어머니의 미소가 생각난다. 외출하고 대문

에 들어설 때 날 따뜻하게 반겨주는 어머니! 어머니의 미소를
품은 옥잠화….

그릇

솔방울이 그려진 투박한 밥공기 몇 점과 국그릇 몇 점 빛바랜 접시 서너 개. 신혼 시절 큰 시장 그릇 가게에 가서 한눈에 보고 반해서 데려왔다. 여자들은 보석에 관심이 많지만 나는 보석에 관심이 없다. 큰아이와 작은아이 첫돌 때 받은 금반지를 돈과 바꿔서 생활이 어려울 때 요긴하게 사용했다. 사십 대 중반, 동네의 아낙들과 반지 계를 묶어 닷 양 짜리 십자가 목걸이를 만들었다. 사업체를 운영하다 잠시 자금이 막혔을 때 돈과 바꿨다. 내게도 차마 떨쳐버리지 못하는 욕심 두 가지가 있다. 그건 가볍고 고운 이불과 예쁜 그릇이다. 마트나 주방 용품 매장에 가면 가볍고 맵시 있는 본차이나 코렐이 내게 유혹의 눈길을 보낸다. 모양이나 색채, 디자인까지 멋스럽고 우아하여 1997년 밥공기와 국 대접, 접시 몇 개를 데려와 사용하고 있다. 모양이 다른 그릇도 데려오고 싶은 욕심에 자동으로 코렐에 시선이 꽂힌다.

2012년 4월 현재, 본차이나 코렐 밥공기 한 개가 구천 원에 육박한다. 세트로 몇 개 사면 십만 원이 훌쩍 넘는다. 급한 것도 아닌데 눈 쇼핑만 하고 아쉬운 발길을 돌린다. 네모난 접시에 잘 구운 스테이크와 예쁘게 장식한 당근, 파슬리, 양배추 샐러드, 노란 단무지로 장식하고 싶다. 속내를 감추고 돌아서면 묘하게 한 번 더 돌아보게 만드는 마력을 가진 그릇들이다.

1960년대 시골집 찬장에 있던 투박한 그릇들이 영화의 장면처럼 머리를 스친다. 푸른빛의 청자 같은 것과 백자처럼 하얀 그릇에는 붓꽃이 그려진 것도 있었다. 무늬가 없는 간장 종지, 보시기도 모양이 다양했다. 코렐 둥근 접시에 상추와 파슬리를 둘러리 세우고 고추냉이로 분칠한 연어 초밥을 장식하고 싶어 아쉬움에 한 번 더 고민하다 독하게 마음먹고 돌아섰다. 삼십 년 된 그릇들, 함께한 세월만큼 추억을 공유한다.

식탁 의자를 밟고 올라가 싱크대 찬장 안의 쌓인 먼지를 닦아 내다 그릇들과 눈이 마주쳤지만 미안한 마음에 시선을 돌릴 수밖에 없었다. 지기들의 생명이 다할 때까지 사랑해 주겠

다고 약속했다. 그릇들은 행복한 미소로 엉덩이를 들썩이며
춤을 추었고 60년대 투박한 그릇들이 내 머릿속에서 걸어 나
왔다.

겨울 나비

십여 년 전 겨울이었다. 주재료용 배추가 입고되었다. 영하 10도를 넘나드는 엄동설한, 얼음에 절인 배추 줄기와 잎새 사이에 날갯짓하고 있는 겨울 나비를 보았다.

오래전 돌아가신 할머니가 나비로 환생하신 건 아닐까. 사랑하는 이 손녀딸을 잊지 못해 빙하의 계절에 우리 집에 오셔서 가냘픈 날갯짓을 하며 반가워하고 있다.

강추위를 견디며 봄을 기다리는 나비는 참으로 위대하다. 초등 3학년인 작은아들은 따뜻한 거실에서 장수풍뎅이를 기르고 있다. 장수풍뎅이와 나비의 동거가 시작되었다. 나비가 좋아하는 배추 잎을 넣어 주고 장수풍뎅이가 제일 좋아하는 새콤달콤한 젤리를 넣어 주었다.

나비는 새콤한 젤리와 푸른 배추 잎을 갉아먹는다. 아침에 일어나 보니 눈부신 아침 햇살을 받으며 힘차게 날갯짓하는 아름다운 겨울 나비를 보았다. 며칠이 지나도 여전히 날갯짓하는 나비의 모습이 사랑 가득한 눈으로 날 바라보던 할머니의 자애로운 모습으로 보였다.

바지락 할머니

2009년 2월. 몇 해 전부터 터미널 옆 약국 앞 바지락젓과 새우젓, 깐 바지락과 바지락을 팔던 할머니가 계셨다. 큰 키에 무뚝뚝해도 마음이 따뜻한 분이셨다. 보통은 마트에서 장을 보지만 한 달에 한두 번, 할머니께 들러서 깐 바지락이나 새우젓을 샀다. 그런데 어느 날부터 할머니의 모습이 보이지 않았다. 하늘이 뚫린 것처럼 온종일 비가 내리는 장마철이나 바람이 온갖 것을 휩쓸고 내동댕이치며 날뛰는 태풍에도 영하 십 도를 웃도는 엄동설한에도 늘 같은 자리에 푯말처럼 앉아 바지락 알맹이를 꺼내는 작업을 하셨다. 추운 겨울에 고통을 초월한 초인처럼 무덤덤한 표정이셨다. 동상에 걸리면 어쩌려고 장갑도 끼지 않고 맨손으로 작업하시는 모습이 너무 안

쓰러웠다.

주름진 얼굴과 검게 그을린 손등에는 검버섯이 무성하게 자라지만 일 년 열두 달, 삼백육십오일 같은 표정이셨다. 어쩌다 나와 눈이 마주치면 반갑다고 큰 눈을 껌벅이며 소리 없이 웃으셨다. 추운 겨울 약국에서 약을 짓고 따뜻한 쌍화탕을 한 병 드렸더니 잘 드셨다.

평생 넓은 갯벌과 방파제를 안방 삼아 기쁨과 환희, 간절한 바람을 갯바위 위에 새기며 물이 빠진 갯벌에서 바지락을 찾아내고 그물에 걸려든 박하게나 꽃게를 가지고 나오셔서 그 자리에 앉아 계셨다. 비가 오는 날은 우산을 쓰고 앉아 바지락 속살을 꺼내느라 바삐 손을 움직이셨다. 숨이 탁탁 막히고 감당하기 힘든 땡볕에도 그 자리를 지키셨다. 내가 바지락을 사러 가면 우리 집은 식구가 적으니 조금만 주셔도 된다고 말씀드려도 한사코 덤을 많이 주셨다.

친정어머니가 보고 싶으면 바지락 할머니를 찾아가서 새우젓과 깐 바지락을 샀다. 어느 날부터 바지락 할머니의 모습이 허리가 새우등처럼 굽은 친정어머니의 모습으로 보였다. 친정어머니도 사십 중반까지 고구마 줄기나 푸성귀, 보리쌀, 콩을 머리에 이고 버스를 타고 익산 시내 한 귀퉁이에 앉아 계셨고 그 돈으로 생필품을 사셨다.

운이 좋은 날은 좋은 값에 중간 상인에게 도매로 넘기고 여의치 않을 때는 시장 모퉁이에 펼쳐 놓고 팔았는데 그 시절 친정어머니와 바지락 할머니가 굴절되었다. 게나예나 시골은 곡식이나 푸성귀를 팔아 돈을 마련했다. 바지락 할머니도 돈을 만들기 위해 손에서 일을 놓지 못하고 계신 것이다.

친정어머니도 육십 대 중반까지 치매 걸리신 할머니를 모시느라 고생하셨다. 지금은 작은 오빠 내외가 어머니를 극진히 모시는 덕분에 한량처럼 편히 지내신다.

봄이 시작될 무렵. 할머니 옆자리에서 장사하시는 할머니께 바지락 할머니의 안부를 여쭤봤더니

"아, 바지락 할머니? 올해 2월에 돌아가셨어. 그 양반이 살아 계시면 당연히 여기 이 자리에 앉아 계셨겠지, 그럼, 여기에 나오지 않을 분이 아니시지…"

옆자리 할머니 말씀대로 살아계셨으면 당연히 그 자리에 앉아 계실 것이다. 바쁘다 보니 할머니의 마지막 모습을 뵙지 못해 서운하고 안타까운 맘을 달랠 길 없다. 친정어머니가 돌아가신 것처럼 마음이 짠하다.

바지락 할머니는 떠나셨지만 다른 할머니가 그 자리에 앉아 계셨다. 할머니에게 깐 바지락을 사서 바지락젓도 담그고 바지락 미역국도 끓이고 바지락 칼국수도 해 먹고 바지락 파

티를 열었다.

터미널 옆 약국 앞에 상추, 감자, 호박을 팔기 위해 할머니 한 분이 첫 출근하셨다. 엉성하게 묶은 파 몇 단, 애호박 몇 개, 감자 서너 봉지, 깐 콩을 팔기 위해 나오셨다. 대파 두 단 이천 원, 감자 한 봉 오천 원 드렸다. 할머니께서는 좋아하시며 "오늘 처음 개시하네!"

여든 가까운 연로한 분이 저무는 저녁까지 앉아 계시다가 병이라도 나면 어쩌나 걱정이 된다. 깐 콩 한 봉을 마저 팔아 드리지 못한 것이 내내 걸렸다. 이사 온 지, 23년 만에 집 안 여기저기에 검정 서리태 콩을 심어 풋콩이 많아 깐 콩을 팔아 드리지 못했다. 어둑해질 때까지 앉아 계실 할머니 모습이 눈에 선하다. 다음에 꼭 들러서 여러 가지 채소들을 팔아 드려야겠다. 저녁을 지으며 바지락 할머니의 생전 모습 떠올려 보았다.

2부

수제비

어제부터 종일 비가 내린다. 컨테이너 밑에 새끼를 낳은 우리 집 개 방울은 새끼들을 품에 안고 단잠에 취해 있다. 해피는 유독 비를 맞고 서서 먼 길을 바라보고 있다. 귀가하지 않은 주인아저씨를 기다리기라도 하는 걸까.

갑자기 고향 집 수제비가 생각난다. 비 오는 여름이면 노르스름하게 기름이 밴 멸치와 다시마를 우려낸 육수에 감자 넣고 국간장으로 간을 맞추고 애호박을 썰어 넣은 할머니의 수제비는 일품요리 중 하나였다. 미지근한 물에 소량의 소금을 넣고 밀가루를 반죽하여 발효시켜야 수제비가 얇게 잘 떼어진다.

큰아이 낳고 뒷박쌀이라도 아낄 겸. 하루 한 끼 수제비를 해 먹었다. 수제비엔 적당히 익은 배추김치가 어울린다. 어린 시절 방울 나무 아래 멍석을 깔고 온 가족이 한 상에 둘러앉아 먹던 수제비가 그중 맛이 좋아 잊을 수 없다. 여름 저녁이면 쑥대를 태우며, 딸 삼 형제는 멍석에 누워 할머니의 옛날이야기를 들으며 달콤한 잠에 취했다. 세월이 흐를수록 추억은 왜 선명해지는 걸까. 할머니가 끓여 주던 수제비가 생각난다. 어쩌면 해피처럼 사람이 그리운 건지도 모르겠다. 오늘은 할머니처럼 멸치 육수에 감자를 투박하게 썰어 넣고 애호박을 넣은 수제비라도 떼어야 할까 보다.

만두

작은아들이 주말에 내려온다는 카톡이 왔다. 아들을 만날 생각에 마음이 바빠진다. 오늘은 뭘 해 먹일까, 어떤 음식으로 행복하게 해 줄까, 겹치지 않는 메뉴를 계획하지만 하고 보면 비슷비슷하다. 작은아들은 군 복무를 카투사에서 했다. 미군 부대는 기름진 양식을 먹을 거라 걱정했는데 다행히 고기와 신선한 채소를 곁들여 먹는다고 하여 안심되었다.

전역 이후에도 습관처럼 채소와 곁들인 단품 요리를 만들어 먹는다고 한다. 또 미국에 단기 유학을 갔을 때와 프랑스 교환 학생 시절에도 같이 간 학생들과 양식과 한식을 혼합한 요리를 해 먹는다고 해서 한시름 놓았다. 작은아들은 고기만두, 큰아들은 김치만두를 좋아한다.

만두를 빚을 때는 항상 두 가지 만두를 빚는다.

마트에 갔다가 살짝 시든 부추가 저렴하여 한 단 사 왔다. 부추를 씻어 잘게 썰어 물기를 빼고 통에 담아 냉장실 맨 위 칸에 두고 해물 호박전과 계란말이, 곰탕에도 파 대신 부추를 듬뿍 넣었어도 부추가 아직도 많이 남았다.

주말을 하루 앞둔 금요일이다. 냉장고에 있는 애호박, 양파, 양배추, 도라지, 양배추 등을 잘게 썰어 소금에 살짝 절여 물기를 빼고 당면은 미리 불려서 잘게 썰고 숙주는 살짝 데쳐 물기를 짜서 다졌다. 두부도 수분을 제거하고 잘게 썬 부추와 간 돼지고기와 소고기를 반반 섞어 수분을 뺐다. 여기에 계란, 소금, 깨소금, 참기름, 후추와 청양고추 다져 넣고 고기만두소를 준비해 놓았다. 두부와 간 돼지고기, 간 소고기의 수분을 제거하고 잘게 다진 양파와 부추, 배추김치 줄기 부분을 잘게 다지고 물기를 꽉 짰다. 여기에 계란, 후추, 참기름, 청양고추, 참깨 소금 등과 데친 숙주나물과 불린 당면 등을 다졌다. 물기를 짠 두부를 으깨 위의 양념들과 혼합하여 김치만두 양념소도 준비했다. 이제 만두피만 만들면 된다.

따뜻한 물에 소금을 조금 넣고 밀가루와 찹쌀가루를 혼합하여 적당히 질지 않게 반죽하여 비닐 랩에 싸서 냉장고에 저온 숙성을 시켰다. 하루가 지나면 끈기 있고 졸깃한 만두피가 탄생한다.

작은아들이 도착할 시간에 맞춰 고기만두를 빚었다. 오후 두 시경 도착하더니 아점을 먹어 배부르다고 했다. 방금 나온 따끈한 한 입 크기의 고기만두는 귀엽고 예쁘고 윤기가 났다. 행복한 얼굴로 고기만두를 먹는 작은아들을 보니 내가 더 행복했다. 고기만두 좋아하는 또 한 사람, 애들 아빠는 호흡 곤란으로 침대에 갇혀 초점 없는 눈으로 한곳을 응시하고 있다. 건강할 때는 아이들과 둘러앉아 행복한 얼굴로 김이 나는 만두 접시를 금방 비웠었다. 내일을 알 수 없는 것이 인생인가 보다. 만두를 빚다가 또 한 번 돌아보니 여전히 한 곳을 응시하며 상념에 잠겨 있다. 고기만두소가 많이 남았고 김치만두는 시작하지 않았는데 만두피가 모자랐다. 만두피를 반죽하여 냉장고에 넣었다. 저녁은 삼계탕을 끓였다.

애들 아빠는 건강할 때도 삼계탕을 그리 좋아하지 않았다. 지금은 정성 들여 만든 음식들이 그림의 떡이다. 그런 사람을 바라보고 있노라니 마음이 아프고 가엽다. 호흡이 좋아지고 입 안에 침이 많아지고 소화력이 좋아지면 좋아하는 스테이크랑 생선초밥 등 뭐라도 몸에 좋은 것을 많이 해줄 작정이다.

건강하여 맛있는 것을 먹을 수 있는 것이 큰 축복이다. 급한 성격이지만 유머 감각이 있고 정이 많은 사람이다. 숨쉬기가 오죽 힘이 들면 발을 뗄 엄두를 내지 못할까. 설거지를 마치고 김치만두소와 고기만두소와 반죽한 만두피 반죽을 가지고 거실에 와서 자리를 잡았다. TV 영화를 보며 작은아이가 만두피를 밀면 만두소를 넣고 김치만두를 큼직하게 빚었더니 금방 끝이 났다.

엄마표 김치만두와 고기만두가 완성되었다. 만두를 빚으면서 동시에 찜통에 여러 번 쪘다. 마지막 쪄진 김치만두를 꺼내니 새벽 1시가 넘었다. 현관문이 열리고 김치만두 주인공인 큰아들이 도착했다. 두 아들은 맥주에 치킨과 김치만두를 먹으며 대화하느라 새벽 시간을 반쯤 비웠다.

습관성 오류

작은아들이 사는 자취방은 큰길에서 좁은 골목으로 들어가 백여 개 계단을 차례로 오르고 왼쪽 감나무 집 대문 옆 쪽 대문으로 들어가면 있다. 여섯 평 남짓한 공간인데 방 옆에는 높은 신작로가 있고 노고산 팔각정공원이 있고 정자 아래 고양이 쉼터가 있다. 작은아들이 2017년 7월 전역하고 2년의 세월이 흘렀다. 그동안 큰아들이 운영하던 사업장 일을 매듭짓느라 제대로 챙겨 주지 못했다. 대학에서 장학생으로 선발되어 프랑스 교환 학생으로 한 학기를 마치고 독일의 맥주 파티에 가고 런던, 헝가리, 루마니아, 터키를 다니며 그 나라의 전통문화와 문화 예술, 선이나 색채로 그려 내는 조형 미술, 회화 작품을 감상하였고 교직도 이수했다.

작은아들 자취방에 올라온 지 일주일이 지났는데 세탁을 마친 빨랫감이 뜨거운 이유를 모르겠다. 냉수와 온수를 동시에 눌렀는데 물이 뜨겁다? 온수를 누르니 '쌕쌕~' 소리만 나고 물이 나오지 않는다. 냉수 수도꼭지는 뜨겁고 온수 수도꼭지는 차갑다. 이건 순전히 습관성 오류다.

일주일 동안 눈치채지 못했는데 작은아들은 내 말을 듣고 놀라며 수도꼭지를 확인해 보더니 하는 말이

"어쩐지 세탁하면 빨래들이 항상 뜨거웠어요. 그래서 바지가 오그라들었구나. 엄마는 그걸 어떻게 아셨어요?"

아들은 수도꼭지 두 개를 번갈아 만져 보더니 내 말을 인정했다. 사람은 경험을 통해 실수를 깨닫는다. 살림하다 보면 그런 오류쯤 한두 번 겪기 마련이다. 언젠가 냉수 호스가 새서 갈았는데 더운물과 찬물 호스를 바꿔 연결했다. 그 실수로 맘에 드는 티셔츠가 오그라들어 네 살배기 아기 옷이 되었다. 식초 물에 담가 보고 여러 방법을 동원해 봤지만 원상태로 되돌리지 못했다. 사람은 오류를 겪으면서 원리를 배운다. 뜨거운 물이 나오는 것을 확인하지 않은 것이 불찰이다.

방울 소리

2019년 서울시 마포구 노고산동 서울 시내 한복판에서 1960년대 두부 장수 방울 소리를 들으니 감개무량하다.

방울 소리는 내게 어린 시절의 추억을 소환해 주었다. 시대가 변천되면서 운송 수단이 지게에서 화물차로 바뀌었다. 김이 모락모락 나는 두부와 들기름, 어묵, 달걀, 야채 등을 싣고 방울 소리를 내며 화물차는 언덕을 오르내린다. 연세 지긋한 할머님들이 두부를 사러 가려면 백여 개 계단을 내려가야 하는데 고마운 방울 소리이다. 계단 아래 세상은 문명의 극치가 아닐지. H 백화점과 E 마트, 하나로 마트가 있고 만물 백화점인 편의점이 많다.

계단은 2019년 문명 시대와 1960년대를 연결하는 매개체다.

1960년대에는 두부 장수 할아버지가 두부 목판을 지게에 지고 시골 고샅길을 돌아다니며 방울을 딸랑거렸다. 시골은 콩 농사를 많이 지어도 두부를 만들려면 벌레 먹은 콩을 골라내야 하는 등 일이 많고 일손이 모자라 두부를 직접 만들지 못하고 할아버지의 방울 소리를 기다린다. 콩이나 보리, 쌀 같은 곡식과 두부를 바꿨다. 그 시절 우리 집은 부자가 아니라서 두부가 최고의 요리였다. 소고기는 일 년에 한두 번 먹고 돼지고기는 몇 달에 한 번 먹고 닭고기는 식구들 생일날이면 먹었다. 또 박물 장수 아주머니가 3주에 한 번꼴로 들러서 네모난 종이 박스에 세탁비누, 세숫비누, 참빗이나 바늘과 실, 머릿기름이나 화장품, 손에 바르는 크림이나 세탁비누와 치약을, 보리쌀이나 콩과 물물 교환했다.

그 시절 박물 장수 아주머니는 이동식 편의점인 셈이다. 지금은 몇 발자국만 가면 골목마다 편의점이 있어 두부나 달걀, 라면, 가위나 실, 칫솔이나 비누, 타월, 양말, 주류 음료수, 또는 냉동 삼겹살 등, 없는 것이 없으니 미니 백화점이다. 박물 장수의 문화도 시대에 따라 변천되었다.

신촌은 서강대, 연세대, 홍대, 이대 등 젊음의 동산이다. 반세기 전에는 명동 성당 입구에서 미술 전시회도 보고 종로에 젊음이 물결쳤는데 지금은 신촌에 젊음이 모인다. 거리에는 악기 연주자와 마술사가 있다. 거리의 피아노는 연주해 줄 손길을 기다린다. 성악가가 가곡을 멋지게 부르고 가수 지망생은 가슴으로 노래한다.

누구든 신촌에 가면 생기발랄한 30대 청년이 된다. 70년대 후반 명동에서 엘칸토 신발과 가방을 사고 반포에서 머리를 파마하고 인천의 동네 의상실에서 치마와 바지, 윗도리 등 3벌을 동시 맞춤하고. 발 모양을 따라 만든 수제화를 신었는데 오래 걸어도 발이 편했다. 추억은 시간의 흐름을 다른 모습으로 재현시키기도 한다. 시대가 바뀌고 사람은 가고 추억은 책이나 글 속에서 다시 만난다.

얼룩 송아지

2004년 봄 어느 일요일이었다. 화물차 적재함에 텐트를 치고 남양호로 작은아이와 친구를 데리고 같이 갔다.

서해 일원인 남양만은 고기잡이배가 드나드는 포구로 1973년 식량을 확보하기 위해 바다를 막아 간척지를 만들고 도시민을 이주하게 하여 정착하게 했다. 팔십 년을 이곳에서 사신 어르신 말씀이 장안대교와 발안식염온천 근처가 고깃배가 들어오는 포구라고 하셨다. 남양호는 화성시와 평택시를 이어주는 인공 호수로 발안천을 막아 만든 담수호이다.

남양호 옆 간척지로 이주한 이주민들은 논바닥에 소금기가 많이 남아 있고 게다가 하구에서 역류하는 바닷물로 인해 염해를 입고 3년 동안 벼를 심으면 말라죽어 발을 동동 구르며 울었다고 이구동성으로 말했다. 후속 대책으로 논에 보리를 심어서 남아 있는 소금기를 빼고 나니 벼농사가 잘 되었다.

남양호 간척지에서 생산된 경기미 남양만 간척지 쌀은 밥맛이 좋아 으뜸이다.

아이들과 남양호에 오니 수년 전 직원들을 출퇴근 시키느라 좁은 통로를 다녔던 기억이 났다.

이른 아침 뽀얀 물안개 사이 우아한 자태의 청둥오리들이 물 위에 한가로이 떠 있는 모습이 한 폭의 동양화처럼 아름다웠다. 마치 지구가 아닌 다른 별에 온 거 같은 착각에 빠졌다. 평택시와 화성시의 경계를 이어 주는 남양호에 길게 올라앉은 장안대교, 그 아래 낭만 포차 옆 그늘에 차를 주차했다. 낚시하는 아저씨를 따라온 아주머니는 우리가 화물차에 텐트를 친 것을 보고 아이디어가 기발하다고 했다.

2004년인데 우리가 차박의 원조인 셈이다. 아저씨는 낚시하고 나는 아주머니와 함께 오백 미터 되는 장안대교를 왕복 네 번을 걸었더니 출출했다. 양념에 재워 온 돼지고기를 숯불에 굽고 싸 온 밥과 숯불에 구운 고기를 포장마차 아주머니와 길동무에게 나눠 드렸다. 행복한 얼굴로 먹는 아이들을 보니 내가 더 행복했다. 작은아이는 좋아서 뛰어다니다 발이 접질려 절룩거리며 형한테 업어 달라고 응석을 부렸다. 친구가 없었다면 아기처럼 어리광을 부렸겠지만 참고 있는 것이 보인

다. 형을 보면 어디가 조금만 아파도 많이 아픈 척하여 형을
놀라게 하는 응석꾸러기다.

　오후 네 시, 남양호를 떠나 덜컹거리는 도로를 달려서 발안
식염온천에 갔다. 작은아이와 친구, 큰아들은 노천탕에서 물
장구를 치고 수영 연습하며 신나게 놀았고 나 역시 노천탕에
서 잠수를 즐기며 망중한을 즐겼다. 작은아들은 친구를 집에
데려다주고 와서 거실에서 그림을 그리다 곤하게 잠이 들었
다. 잠든 작은아이 얼굴을 보니 웃음이 나왔다. 사람들이 작은
아들을 보면 엄마인 날 닮았다고 하는데 작은아들은 엄마를
닮았다는 말을 제일 싫어한다. 한숨 자고 일어난 작은아이에
게 모른 척하고 물어보았다.
　"우리 막둥이가 엄마를 닮았다고? 그럼 내 눈이 막둥이 눈
처럼 예쁘단 말이야?"
　작은아이는 맑게 반짝이는 예쁜 눈을 곱게 흘기며 "그게 아
니에요, 얼굴이 엄마를 닮은 것이 아니라 엄마를 닮아서 뚱뚱
하단 뜻이어요, 그러니까 뚱뚱한 게 닮았다는 거잖아요?" 라
고 말하며 투덜거린다. 하하하…. 갑자기 송아지 노래가 생각
난다.

　송아지, 송아지 얼룩송아지
　엄마 소도 뚱뚱한 소 엄마 닮았네.

둘도 없는 친구

큰아들은 대학 1년생이다. 매주 금요일이면 열 살 아래인 동생이 보고 싶어 친구들과 어울리지 않고 집으로 온다.

토요일 오전 큰아들과 함께 옆집 밭과 우리 집 경계에 심은 나무 아래 수북한 잡초를 뽑고 언덕이 무너지지 않게 잔디를 심기 위해 보온 덮개를 걷어 냈다. 보온 덮개 안이 따뜻해서인지 새끼 뱀 두 마리가 똬리를 틀고 있었다. 우릴 보고 놀라 도망가려고 안절부절못하였다.

큰아들은 개구리도 만지지 못하는데 한 마리는 언덕으로 쫓아 보냈지만 다른 한 마리는 거실 쪽으로 도망쳤다. 아들은 현관문 틈으로 뱀이 들어갈까 싶어 언덕으로 쫓았는데 돌부리에 걸려 상처가 나면서 멀리 도망쳤다.

우리는 궁여지책으로 뱀이 싫어하는 향기를 가진 금잔화를 베란다 앞에 잔뜩 옮겨 심었다. 큰아들이 금잔화를 심다 돌에 묻은 뱀의 혈흔을 만졌다며 놀라서 말했다.

"어머니, 어쩌죠? 뱀 머리가 세모난 걸 보니 독사인데 독이 묻은 거 같은데 어떻게 해요?"

"괜찮아, 독사의 독은 뱀의 입 속에 있으니 피부에서 나온 건 괜찮아, 그래도 더러우니 깨끗이 닦으렴."

큰아들은 작은아이가 여섯 살 먹었을 때, 분교 옆 경사진 내리막길을 자전거 탄 채 두 발을 들고 내려오다 아래로 데굴데굴 구르는 장면을 보고 번개처럼 뛰어갔다. 동생 얼굴에 피가 흐르는 것을 보고 놀라서 동생을 안고 정신없이 집으로 뛰어왔다. 온몸이 땀으로 젖었는데 더 놀란 것은 작은아이와 큰아들 얼굴과 옷이 혈흔으로 얼룩진 것이었다. 내가 놀라서 상처를 보니 다행히 큰 상처는 아니어서 집에서 간단하게 소독하고 치료했다. 그 후로 큰아들은 피만 보면 힘이 빠진다고 말한다.

초등학교 3학년인 작은아이를 데리러 학교 앞으로 갔다. 주차장에서 대기 중인데 작은아이가 교문을 나왔다. 토요일은 학원 차를 운행하지 않아 학부모들이 아이를 데리러 와서 학교 앞은 시장처럼 북적거린다. 웅성거리는 아이들, 사탕을 나눠 주는 사람들, 학원 홍보지 주는 사람들, 아이스크림을 파는 상인 등으로 복잡하다.

학교 앞 슈퍼마켓엔 아이들의 발길이 쌓인다. 모래 먼지와 흙먼지, 교문 앞은 온통 북새통이다. 북적거리는 아이들 틈에 작은아이가 친구와 함께 차에 올랐다. 같이 온 친구가 2학년 때 같은 반이었는데 친하지 않았지만 3학년 때에도 같은 반이 되어 친해져 급식실이나 학원 갈 때 같이 다닌다고 자랑을 늘어놓았다. 작은아이도 열 살 위 대학생 형이 있고 그 친구도 열한 살 위의 대학생 누나가 있어 공통점 때문에 친해진 것 같다. 우리 집은 독립가옥이라 작은아이와 어울릴 친구가 없다.

큰아들도 작은아이처럼 외딴곳에 살아서 친구가 없었다. 조금 떨어진 동네에는 친구들이 많이 살았다. 큰아들에게 친구들에게 자전거를 타고 놀러 오라고 했다. 아이들이 좋아하는 자장면이나 피자, 치킨을 사주거나 떡볶이를 해주면 맛있게 잘 먹었다. 그 덕분에 친구들이랑 자전거 여행도 많이 하고 추억을 많이 쌓았다. 큰아들이 초등학교 4학년 때 동네 너머에 사는 형을 따라 꽁꽁 언 남양호수를 건넜다 돌아왔다고 말을 했다. 아무 일 없이 지나갔으니 망정이지 깊이가 4미터 전후인데 얼음이 녹아서 빠지면 어쩌려고? 생각만 해도 아찔하다. 큰아들은 교실에서 남양호를 무단 횡단하여 돌아온 사실을 자랑했다. 또한 단짝인 친구와 그해 2월 말경 남양호를 무단 횡단하는데 중간쯤에 얼음이 녹은 곳이 있어서 친구가 무섭다고 울며 돌아가자고 했으나 영웅심이 발동한 큰아들은 친구를 달래 기어이 호수를 건너 평택 땅을 찍고 출발지인 화성 땅으로 돌아왔다고 자랑한다. 그 이야기를 십 년 이상 비밀로 하더니 이제야 고백했다.

생업에 바빠서 아이들이 위험천만한 모험을 강행한 줄도 모르고 지나갔으니 망정이지 지금 생각해도 끔찍하다. 요즘 아이들이 학원을 두세 군데 다니느라 바빠서 친구의 집에 놀러 다니는 문화가 사라진 지 오래지만. 1990년대 큰아들이 초등학생일 때는 친구네 집에 놀러 다녔지만 2000년대 작은아이가 초등학생일 때는 그런 문화가 자취를 감춘 지 오래다. 집 주변에 친구가 없으니 친구들과 어울릴 기회가 없다. 그런데 큰아들이 하나뿐인 동생을 위해 같이 블록 집도 만들고 같이 게임도 하고 자전거를 타고 멀리 여행도 다니고 세상에 둘도 없는 친한 친구가 되어 주었다. 친구가 되어 준 형이 있어 동생은 늘 행복한 얼굴이다

자린고비

주방 창문을 활짝 열고 뒷산 참나무가 내뿜는 신선하고 상 큼한 향기를 심호흡하며 맘껏 들이마셨다. 나무들 사이로 걸 어 나온 아침 햇살이 창문으로 걸어왔다. 중학교 2학년(2009 년)인 작은아이에게 엄마가 만든 엄마표 된장찌개와 김, 계란 프라이, 아침 보약인 사과를 식탁에 올려놓았다. 작은아들은 읍내 식당에서 순댓국을 먹고 장염에 걸려 사나흘 고생하더 니 체중이 4킬로나 줄었다. 애들 아빠가 기왕에 감량했으니 내친김에 절식하라고 했고 5개월 동안 노력하여 10킬로 감 량에 성공하여 보기 좋다. 과체중에서 벗어나니 몸에 꼭 맞던 교복이 헐렁하다. 남에게 얻어 입은 것처럼 보기 싫었다.

작은아들도 한참 멋을 낼 나이인데 헐렁한 교복이 맘에 들지 않는지 등교 시간이면 거울 앞을 떠나지 못하고 이리저리 앞뒤를 돌아본다. 몸에 맞는 교복을 입고 싶은 줄 잘 알고 있지만 수선하면 되는데 새로 맞춰 주는 것은 낭비라는 생각이 들었다. 또 아들에게 근검절약을 가르치고 싶은 마음도 작용했다. 매일 입어야 하는 교복이라 수선을 맡길 수 없어 차일피일 미루고 있었다. 올겨울과 내년 겨울만 입으면 중학교 졸업이니 새 교복을 사주지 않았다.

한 해는 약간 크게, 다음 해는 적당히 크게, 그다음 해는 약간 작은 듯, 이렇게 옷 하나로 삼 년을 입었는데 어릴 적 친정어머니가 우리를 키우면서 적용한 절약 방식이 내 머리에 입력되었고 답습한 모양이다. 나는 어려서 몸에 꼭 맞는 옷을 입은 적이 거의 없었다. 한 해는 길어서 두어 번 접어 입고 그다음 해는 약간 크게 삼 년이 되는 해는 약간 작게 입었다. 내가 입었던 옷은 여동생에게 대물림되었다. 할머니는 바느질의 대가셨다. 어릴 적 아버지가 입던 바지를 뒤집어 우리 바지로 만들었는데 햇볕에 바래지 않아 새 바지 같았다. 할머니는 재봉틀에 박은 것처럼 촘촘하게 손바느질을 하셨고 우리 옷을 만들어 입혔다. 할머니나 엄마에게 묵시적으로 배웠고 당연한 문화로 나도 받아들인 거 같다.

30년이 지난 시대에 낡아 빠진 옛 방식을 고수하는 것이 시대의 흐름에 역행하는지 모르겠지만 옛날에는 손바느질로 옷을 만들어 입었으니 그도 무리는 아니다.

언젠가 초등학교 친구와 통화를 했는데 어릴 적 내가 옷을 잘 입고 다녀서 우리 집이 부자인 줄 알았다는 말을 했다.

그땐 익산 시내에 사는 부잣집 언니 옷을 얻어다 입었다. 얻어 온 옷이지만 공주 옷처럼 예쁘고 새 옷 같았다. 내가 입은 옷을 보고 친구들이 부러워했던 모양이다. 옷을 얻어다 입는 줄 모르고 우리 집이 부자라서 고급 옷을 입고 다니는 줄 알았던 것 같다.

지금 우리 집은 교복 열 벌을 사주고도 남을 형편이지만 절약을 가르치고 싶은 마음이지 궁상을 떠는 건 아니다.

등굣길에 차에 오른 작은아이가 내 눈치를 보며 말했다.

"엄마, 하복도 1학년 때 맞춤한 거라 통이 커서 헐렁한데 어떻게 하지요?"

"그러게, 교복 집에 맡겨서 수선하면 돼~"

표정 하나 바뀌지 않고 대답하는 내 말에 작은아들 말이.

"아~ 그러면 되겠네요, 역시 엄마는 자린고비야. 엄마, 기분 좋게 새로 교복을 맞춰 주면 안 돼요? 몸에 꼭 맞는 교복 입고 싶어요."

"기껏해야 올여름과 내년 여름 석 달밖에 더 입니?"

작은아이는 뻔한 대답에 할 말이 없는지 날 빤히 바라보았다. 난 할 말이 없어서 다른 얘기를 했다. 작은아들이 살이 쪘을 때는 얼굴이 부은 거 같더니 살이 빠져 꽃미남이 됐다고 말했더니 아이가 하는 말이.

"에이~ 꽃미남 되려면 멀었어요. 지금보다 훨씬 더 얼굴 살이 빠져야 꽃미남 돼요."

나는 키가 위로 쑥쑥 자라면 꽃미남 된다고 동문서답했다. 돈은 있을 때 아끼고 살아야 한다는 내 생각은 변함없다. 아들을 학교에 데려다주고 하복을 교복 집에 맡겼다.

첫아이

　1984년 가을, 부천시 도당동에 15평 남짓 가게를 얻었다. 피노키오 그림을 유리창과 가게 안 벽에 붙였다. 노란 의자와 테이블을 놓고 '도널드 치킨' 가게를 열었다. 감사하게도 우리 가게가 그 지역의 명소가 되었다.

　결혼 2주년 기념일은 가게를 닫고 남한산성으로 남편과 데이트를 갔다. 남한산성에 올라 좋은 경치를 보니 안구가 정화되었다. 조선의 인조 임금이 후금인 청나라에게 항복하고 남한산성 격전지에서 삼전도로 나아가 청나라 태종 앞에 머리 박고 무릎을 꿇고 항복하며 군신의 예의를 취하고 신하들과 왕자들이 인질로 정나라에 붙삽혀 가고 "삼전도비(내정 황세공덕비)"를 세우는 등 치욕적인 역사를 다시금 되새겨 보았다.

점심으로 따끈한 육개장 사발면에 도토리묵 한 접시를 먹었는데 분위기 탓인지 꿀맛이었다. 식사를 마치고 성곽을 걸으며 추억 한 그루를 심었다. 그 후, 오십 일이 넘도록 월중 행사가 없어 병원에 가서 검사를 하니 임신이라고 하니 너무나 기뻤다. 우리 큰아들은 남한산성의 기를 받아 태어났다.

임신 5개월 초가 되자 아기가 내 옆구리를 발길질했다. 아기가 자신의 존재를 알리는 첫 신호라서 무척 기뻤다. 6개월이 지나자 태동이 많아졌다. 아기는 내가 세상에서 가장 행복한 엄마가 되게 해줬다. 아기와 교감이 시작되면서 대화 시간이 늘어났다. 임신 8개월이 되자 배가 많이 불러 일을 할 수 없었다. 남편은 돈가스와 수제 햄버거, 칼국수 등을 만들고 배달하며 혼자서는 가게를 꾸려갈 수 없었다. 타인에게 가게를 양도하고 구로구 개봉동 다락이 있는 문간방을 전세 사백만 원 주고 얻었다. 아버지가 끊어 주신 옷감으로 기저귀를 오십여 개 만들고 TV 교육 방송을 보며 일어 회화나 소설, 시집을 읽었다. 한 달 후면 아이와 성봉한다고 생각하니 가슴이 벅찼다. 9개월 되면서 가진통이 잦아졌다. 예정일이 16일 남았는데 진통이 왔다. 병원에 갔더니 산기가 있다며 집에 가 있다가 이십 분 간격으로 배가 아프면 병원에 오라고 했다.

저녁을 짓는데 양수가 터졌다. 아기를 만나기 위해 몸을 정갈하게 샤워를 하고 아기 용품을 챙겨 병원으로 갔다. 의사 선생님이 양수가 터졌으면 빨리 병원에 왔어야지 늦게 왔다고 야단을 치셨다. 일단 병실에 입원했다. 간호사에게 언제쯤 아이를 낳을 수 있는지 물으니

"하늘이 노래져야 해요. 아기 머리가 내려앉고 산문이 열려야 하니 아직 멀었어요."

의사 선생님은 아기를 받을 준비를 하지 않고 퇴근하셨다. 선생님이 계시지 않을 때 아기가 나올까 더럭 겁이 났다.

아기가 나올 준비를 하는 것인지 배가 참을 수 없이 아프고 허리도 뒤틀리며 아파 견딜 수 없었다. 아픈 것도 아픈 것이지만 한밤중에 혼자 있다는 것이 더 겁이 났다. 무서움에 더 큰 소리로 아프다고 소리를 질러 보지만 간호사만 와서 아기 머리가 내려앉았는지 산도가 열렸는지 체크를 할 뿐이었다. 아프고 견디기 힘든 밤이 지나갔다.

다음 날 아침, 아기가 산도로 내려앉았다는데 기운이 빠져 힘을 줄 수 없었다. 정오가 지나 분만대에 올라갔다. 하지만 허리가 끊어지게 아파 도저히 힘을 줄 수 없었다. 하나님께 간절한 마음으로 일곱 번째 서원 기도를 올렸다. 의사 선생님은 압축기를 이용하고 내가 힘을 동시에 주자 오매불망 그립던 우리 아기가 세상 밖으로 나왔다. 의사 선생님은 아기의 발을 잡고 거꾸로 세워서 발바닥을 툭툭 치니 아기가 첫울음을 우렁차고 힘차게 울었다. 아기의 힘찬 울음소리를 들으니 기쁨의 눈물이 나왔다.

엄마도 날 낳을 때 이렇게 힘들게 낳으셨을 거라고 생각하

니까 고마움으로 눈물이 나왔다. 간호사가 아기를 안고 나갔다.

　목욕을 마친 아기는 강보에 싸여 곤하게 잠을 자고 있다. 아기의 키는 내 팔꿈치 정도고 3.1kg이며 피부색은 희고 예뻤다. 부산에 사시는 친정 부모님이 병원에 도착했다. 친정엄마는 아기를 보더니 눈물을 글썽거리시며

　"아유, 울 아기가 엄마 뱃속에서 나오느라 얼마나 고생했어!"

　엄마는 외손주를 보니 목이 메시는 모양이다. 양가 어른들이 오셔서 축하해 주고 가셨다. 아이 낳고 열흘 동안은 장맛비 덕분에 시원하게 보냈는데 볕이 드니 칠월의 한가운데라서 숨이 탁탁 막힌다. 결혼 3년 차 아기를 낳으니 세상을 다 가진 것 같다. 남편은 좁은 다락방에서 잠을 자고 나와 엄마, 아기는 삼복더위에 연탄불을 피운 뜨거운 방에서 지냈다.

　산후풍이 걱정되어 긴 팔에 긴 바지, 양말을 신고 있으니 등줄기에서 땀이 도랑물처럼 흘러내렸고 양말을 벗었다. 엄마가 침을 맞으러 가신 틈에 수건에 디운물을 적셔 아쉬운 내로 땀범벅이 된 머리를 닦아 냈더니 개운했다. 샤워하고 싶어도 몸에 바람이 든다고 하니 견뎌야 했다. 세상에 나서 처음으로 부모가 되었지만 아직은 부모님의 마음을 헤아리지 못하는 만 26세 철부지 초보 엄마다.

결혼은

나의 이십 대 결혼관은 사랑이 첫째 조건이며 서로 부족한 부분을 채워 주는 것이고 돈이나 지위는 중요하지 않았다.

드디어 나에게도 사랑하는 사람이 생겼다. 사랑하는 사람의 정신적인 지주가 되어 주기로 했다. 나의 강력한 지지자이며 응원자이신 아버지 말씀이,

"숙한아, 결혼에 대해 다시 생각할 수 없겠니?"

아버지도 사윗감이 빈손이라 맘에 걸리는 모양이다. 내 성격은 앞뒤 재지 않고 일단 저지르고 헤쳐 나가는 형이라 신랑감 후보를 데려와서 어른들께 인사를 시켰다. 할아버지는 손주 사윗감이 '전주 이씨' 양반이라고 좋아하시고 세상 경험이 풍부하고 눈치 빠른 큰오빠는 내가 세상 물정에 어둡고 순발

력이 떨어져 머리 회전이 빠른 신랑을 맞추기 힘들다고 했다. 또한 물과 불의 만남이니 행복할 수 없다며 극구 반대했다. 큰오빠는 부산에 같이 내려가서 내가 바라던 대학 진학을 시켜 주겠다고 했으나 고집불통이라 받아들이지 않았다. 가족들은 결혼식에 아무도 참석하지 않겠다고 선언했다.

예비 신랑 형님과 누나가 부모님을 찾아와 설득하셨지만 큰오빠가 완강하게 반대했다. 세 분이 확답을 듣지 못하고 대문을 나서는데 철딱서니 없는 나는 가방을 들고 덜렁덜렁 따라나섰다. 예비 시숙이 집으로 들어가라고 날 말렸지만 듣지 않고 성당 근처의 친한 친구 집으로 갔다.

'사랑하는데 뭐가 문제인가?' 가족의 반대가 서러웠다. 하늘도 내 마음을 아는지 밤새도록 소나기를 퍼부었다. 서러움이 폭포가 되었다. 세상에 나서 그렇게 많이 울어 보긴 처음이었다. 친구 말이 우리 가족들이 결혼식장에 한 분도 오지 않아도 우리 친구들이 갈 테니까 속상해하지 말라며 위로하며 같이 울어 주었다. 난 기운이 났다. 다음 날 아침 집으로 갔다. 식구들은 내가 예비 신랑을 따라간 줄 알고 울며 겨자 먹기로 결혼을 승낙해 주었다.

정식 상견례를 할 때 예비 시숙이 큰오빠의 눈치를 보며.

"동생이 돈이 없으니 살다가 3년 후에 결혼식을 올리면 안 될까요?"

라고 말씀하시자 큰오빠의 답변은 이러했다.

"우리 집은 양반집이라 있을 수 없는 일입니다. 찬물 한 그릇 떠 놓고 웨딩드레스 빌려 입고 사진 한 판 찍으면 되지, 그깟 형식이 뭐 그리 중요한가요?"

큰오빠 말에 시댁 어른들은 답변이 궁색하여 묵묵부답. 예비 신랑은 부모님이 계시지 않고 직장이 없고 돈이 없다. 난 <하면 된다>는 신념의 마력을 믿었고 힘든 역경도 이겨낼 수 있다는 자신감으로 차 있었다. 결혼식을 한 달 앞두고 직장에 사표를 내고 가게를 얻으러 다녔다. 김밥을 싸 간 날 부천에 있는 버스 종점 부근 신축 건물이 1982년 11월 준공이 난다고 했다. 내 수중에 있는 돈으로 가게를 계약했다. 그리고 서울교회 목사님 주례하에 1982년 11월 13일 마음 편히 결혼식을 올릴 수 있었다.

쌍가락지

결혼식을 올리고 폐백실에서 받은 절값이 상당하여 계획에
없던 신혼여행을 떠났다. 강남터미널에서 고속버스를 기다리
는 동안 가난한 신랑은 신부가 분홍색 한복 위에 외투를 걸치
지 않은 것이 걸렸는지 팥죽 색깔 코트를 사서 입혀 주고 마
음이 놓이는지 씽긋 웃었다. 마내 시누이가 결혼 선물로 준
금으로 된 석 돈짜리 쌍가락지를 약지 손가락에 끼고 있었다.

고속버스를 타고 강릉에 도착하여 택시를 타니 신혼부부라
고급 호텔 앞에 차를 멈춰 섰다. 그곳은 우리가 묵을 곳과 거
리가 멀다. 차를 돌려 민박집이 많은 곳으로 갔다. 우리는 횟
집 2층 민박집에서 신혼 첫날밤을 보냈다. 아침이 되자 눈부
신 가을 햇살이 창가에 가득했다. 기쁜 웃음을 머금은 수평선

이 창문으로 성큼 걸어왔다. 고른 이를 드러내고 미소를 짓는 강릉 바다는 아름다웠다. 분홍색 한복을 입고 걷다가 버스를 타기도 하고 지나가는 트럭을 얻어 타고 동해안을 누비고 다녔다.

묵호 어시장에서 푸르른 동해가 가득한 상을 받았다. 소박한 밥상이지만 해물들이 한 상 가득했다. 둘째 날은 바닷가와 맨살이 닿아 있는 묵호 민박집에 묵었는데 밤새 시커먼 파도가 작은 창문으로 달려들었다. 가족들과 떨어져 결혼했다고 생각하니 지나간 일들이 주마등처럼 떠오르고 눈물이 왈칵 쏟아졌다. 울진항에 갈매기 떼와 더불어 푸르른 창공을 훨훨 날았다. 건설 회사 지방 사무소 근무 중인 작은아버지와 만났다. 산해진미 푸짐한 해물 밥상으로 호강하고 호텔급 모텔방을 선물로 받았는데 따뜻한 물이 콸콸 잘 나왔다.

마지막 날은 부산 해운대로 가서 큰오빠네 식구랑 함께 동래 온천장에 들르고 자갈치시장에서 생선회와 소고기 수육을 대접받았다. 우린 기차를 타고 부천에 올라왔다. 3박 4일의 알뜰한 신혼여행이 막을 내렸다.

가게를 얻기 위해 퇴근 후 수개월 발품을 팔았다. 퇴사 후 인천 집에서 김밥을 싸 온 날, 부천의 22번 버스 종점인 소사동에 보증금 150만 원, 월세 7만 5천 원. 가게 4평과 3평쯤 되는 방, 한 평 남짓한 부엌과 벽장이 있었다. 가진 돈이 없으니 점심 메뉴로 닭칼국수를 하고 가족 단위 고개를 상대로 치킨과 생맥주를 팔았다. 강서구 신월동의 폐업한 가게에서 긴 통나무 탁자 두 개와 짧은 통나무 탁자 두 개, 싱크대 개수대와 찬장, 얼음 넣는 냉장고에 달린 생맥주 기계, 맥주잔 몇 점, 간판(소라) 등(1982년 11월) 몽땅 이십만 원에 샀다.

서울의 중앙시장에서 중고 닭튀김 기계를 샀는데 튀김 솥은 멀쩡한데 중고 버너가 이물로 막혀 있었다. 굵은 바늘로 막힌 구멍을 뚫어 이물을 털어 냈다. 생닭을 주문해야 하지만 가진 돈이 바닥났다. 막내 시누님이 어려울 때 요긴하게 쓰라던 금반지 석 돈짜리. 쌍가락지를 결혼식 때와 신혼여행 때 끼고 닳을 거 같아 장롱 안에 고이 모셔 뒀는데 신랑은 돈이 없으니 금반지를 전당포에 맡겨 생닭과 생맥주 등 원재료와 부재료를 받자고 제안했다. 눈물이 나올 거 같았지만 참았다. 신랑은 돈을 벌면 제일 먼저 쌍가락지를 찾아 주겠다고 약속했다. 쌍가락지는 종잣돈이 되었다. 서너 달 후 약속대로 쌍가락지를 찾아올 수 있었다.

2년 가까이 서서 일하다 보니 임신이 되지 않았다. 할 수 없이 가게를 접고 부천시 북부역 근처 심곡동에 넓고 깔끔한 전세방을 얻어 쉬었다. 쌍가락지가 닳을세라 끼지 않고 장롱 안에 모셔 두었다. 남편도 쉬며 건강을 챙기고 이 일 저 일 알아보러 다녔다. 남편과 안면이 있는 남자가 밤에 우리를 밖으로 불러냈다. 그 시간 누군가 선풍기까지 틀고 우리 방을 뒤져 돈이 든 통장을 찾으려 했지만 찾지 못하고 장롱 안에 모셔 둔 금반지 쌍가락지를 주인인 내 허락도 없이 가져갔다. 심증은 있으나 증거가 없다. 눈 뜨고 귀한 쌍가락지를 양심도 없는 도둑에게 빼앗긴 셈이다. 그 후로 쌍가락지를 만날 수 없었다. 그저 아련한 내 기억 속에 남아 있을 뿐이다.

약속이나 한 것처럼

가게를 개업한 첫날 치킨 두 마리를 주문받았다. 늦잠이 들어 실수할까 봐 새벽잠을 설치며 일찍 일어났다. 버너에 불을 붙이는 순간 주황색 불꽃이 튀어나왔다. 서울 반포에서 비싼 돈을 주고 말은 예쁜 내 파마머리 끝이 불에 그을리면서 머리카락 탄 냄새가 났다. 세련된 머리였는데 너무 아까워 눈물이 핑 돌았다. 할 수 없이 동네 미장원에서 짧은 커트 머리로 바꿨다.

한 가지 문제가 생겼다. 얼음 냉장고에 물을 넣고 얼음을 넣었는데 모서리에서 물이 줄줄 새어 나왔다. 얼음물이 새면 그 안에 든 생맥주가 시원해지지 않는다. 남편의 기발한 아이디어, 껌을 씹어 물이 새는 곳을 막는 것이었다. 이웃의 쌀집 부부와 함께 입이 아프도록 껌을 씹어 새는 부분을 막았다. 다행히 물이 새지 않았다.

　날이 갈수록 소라집 치킨이 맛있다고 소문이 나더니 고객이 줄을 이었다. 복숭아 농장에서 주전자를 들고 생맥주를 사러 오고 우리가 만든 치킨 주문이 폭주하여 배달이 한 시간 이상 밀렸다. 남편은 아침 일찍 생닭에 마늘, 생강, 양파, 무를 갈아 넣고, 깡통에 든 미제 소고기 다시다 가루로 소스를 만들어 전날부터 7시간 이상 재워서 사용했다. 양념에 재운 닭이 소진되면 시간과 관계없이 영업을 종료했다. 카레 가루와 소고기 수프, 볶은 찹쌀가루와 밀가루를 섞어 튀김옷을 만들었는데 겉은 바삭하고 속은 촉촉했다. 치킨 한 마리에 타 치킨집은 삼천 원을 받았지만 우리는 삼천오백 원을 받아도 꼬리를 물고 치킨 주문이 폭주했다. 남편의 외상 거래 사절이란 원칙으로 경영하였고 경영학 이론이 적중하였으며 돈을 많이 벌었다.
　매일 아침 반찬 값을 제외하고 상업은행에 입금하였다. 우리 가게는 가족 단위 고객이고 음료는 물론 제철 과일을 서비스로 제공했다. 돈을 많이 벌었으니 시흥시 변두리의 자연 녹지 땅을 사자 제안했다. 비닐하우스에 살면서 과일 장사하자고 남편에게 말했지만 나를 고생시키기 싫다며 반대했다.

임신 촉진제 한약을 먹고 건강을 챙기며 두세 달 쉬었다. 일하던 사람이 놀면서 벌어 놓은 돈만 쓰고 있으니 마음이 답답했다. 부천시 도당동의 세대수가 많은 아파트 단지에 넓은 가게와 방이 딸린 가게를 얻었다. 1년 넘게 장사해서 돈을 벌었으나 학수고대하던 임신이 되었고 가게를 양도하고 구로구 개봉동 다락방이 있는 문간방으로 이사했다. 남편은 영업직으로 취직했는데 영업 실적이 좋지 않았다. 밀가루 24kg 한 포를 사서 영한 교역으로 치킨 파우더를 만들었다. 흰 바탕에 농부 얼굴이 그려진 '파파치킨 파우더'를 만들어 판매하고 치킨집에 공급했다. 유리창에 햇빛 가림막 비닐 선팅도 해주기도 했다.

첫아이 백일을 며칠 앞두고 살고 있던 전세방이 나가고 계약금으로 십만 원을 받았다. 아기에게 영양제를 먹이고 싶었는데 돈이 없으니 참았다. 큰맘 먹고 아기 영양제인 '에비오제' 작은 거 한 병과 밤 한 되를 사다 놓았다. 약속이나 한 것처럼. 남편도 퇴근길에 '에비오제' 영양제 큰 거 한 병과 밤 한 되 사 왔다. 핸드폰이나 삐삐가 없던 시절인데 아기를 사랑하는 마음이 이심전심 통한 것이다. 수입이 없으니 돈을 아끼느라 백김치를 담가 먹고 저녁 끼니는 수제비와 칼국수를 먹으며 됫박쌀을 아꼈다. 남편은 밤새워 포장마차에서 해삼과 멍게, 사발면을 팔고 백 원짜리 동전 백이십여 개를 갖다 주었다. 고척동 꼭대기 철탑 아래 홀이 없는 가게를 얻었다.

배달 전문이며 영계 닭에 삼계탕 재료를 넣어 팔았는데 고객들이 집에 가서 끓이면 되었다. 뚝배기도 빌려주었다. 아이를 재우고 치킨 배달을 갔는데 아이가 깨어 찻길로 나와 뒤뚱뒤뚱 걷다가 마음이 급한지 네발로 기어 다녔다. 때마침 맞은편 치킨집에서 찻길에 나온 아기를 발견하고 여러 번이나 붙잡아 주었다. 잊지 못할 생명의 은인이다.

귀하게 얻은 아기를 잃을 거 같아 아이가 마음대로 뛰어놀 수 있는 화성군 장안면 장안리에 시골집을 사서 낙향했다.

남편은 중고 픽업에 "초보 운전"이란 문구를 써 붙이고 가게와 식당에 튀각과 소모품을 공급했다. 행복의 조건은 첫째가 가족이다. 어릴 적 온 가족이 모여 가정 예배를 드릴 때 행복했다. 행복한 기억은 오래도록 잊히지 않는다. 사랑하는 가족들과 함께할 때 귀한 행복이 우리 곁에 영원히 머문다.

훈련병 24시

　2015년 11월 중순, 나라의 부름으로 논산훈련소에 입소한 작은아들을 남겨 두고 돌아오려니 발길이 떨어지지 않았다. 만감이 교차했다. 작은아들에게 어릴 적 부모의 이혼은 큰 충격이었다. 다시 합쳤지만 늘 빚을 진 기분이었다. 작은아들은 내게 아픈 손이라 눈물을 감당할 수 없었다.

　훈련소 5주는 면회가 되지 않았다. 그리운 마음을 담아 인터넷 편지 세 통을 논산 하늘의 구름에 띄워 보냈다.

　훈련소 입소 2주 후, 입고 갔던 옷과 한 통의 편지가 왔을 때 작은아들이 온 것처럼 반가움으로 눈물이 났다. 아들은 훈련소에 잘 적응하고 잘 지내고 있다고 전했다. 논산 하늘이 먼 곳도 아니건만 사랑하는 아들이 이번 주는 어떤 훈련을 받을 예정인지 훈련소 홈피 소속 연대장님이 올린 글을 여러 번 읽고 또 읽었다. 정해진 글자 수에 맞춰 인터넷 편지를 보내는 게 하루의 일과가 되었다. 편지의 내용은 길고양이 나비가 새끼를 낳은 이야기 등 잡다한 이야기지만 밀물처럼 몰려오는 그리움을 다독여 주었다. 훈련의 강도가 높다는 각기 훈련도 성공적으로 마친 것을 확인하고야 마음이 놓였다.

마당에 세워 둔 승용차 문에 작은아들이 그려 놓은 작품 (비틀스 멤버들이 횡단보도를 건너는 모습과 가로등 불빛이 멋진 도시의 밤을 그린 그림)을 보면 그리움으로 가슴이 미어졌다.

스물한 살인 승용차를 끌고 외부에 나가면 비틀스 멤버 그림 때문에 사람들의 시선을 사로잡았다. 승용차 가까이 다가와서 작은아들의 작품을 감상하였다. 스물두 살 된 호호백발 승용차는 기능이 꼬이고 급정지하여 애마를 폐차시키면서 폐차장 담당에게 사정하여 작품이 그려진 문짝 두 개를 집으로 데려왔다.

2015년 11월 25일 새벽 5시에 화성을 출발하여 논산훈련소에 도착했다. 비가 내리므로 연병장이 아닌 체육관에서 수료식을 했다. 모두 같은 복장이라 작은아들을 찾지 못해 수료식 대열만 더듬고 있는데 검게 그을린 건장한 청년이 내 눈앞에 떡하니 나타났다. 너무 반가워서 포옹하고 차에 태우고 훈련소 정문과 가장 가까운 따뜻한 펜션 방에서 아들과 같이 5시간을 보냈다. 집 밥을 바리바리 싸갔는데 작은아들은 배가 부르다며 조금밖에 먹지 않아서 걸렸다. 혹시라도 위에 부담이 될까 봐 더는 권하지 않았다. 힘든 훈련을 마친 아들이 대견했다. 다섯 시간이 어찌 그리도 빨리 가는지, 훈련소에 아들을 데려다주고 왔다. 기특하게 아들이 속한 28연대 전우들이 카투사 교육대에서 받을 강도 높은 훈련을 미리 예행연습한 모양이다. 쩍 벌어진 어깨와 체력이 좋아졌고 근력이 대단하였다. 또 논산훈련소에서 훈련병들에게 감기에 좋은 약차를 끓여 주고 생일날 케이크도 자르게 해주어 깊이 감사를 드린다. 논산에 다녀오고 이틀 후 첫눈이 내렸다. 작은아들이 카투사 교육대로 기차를 타고 떠나는 날이었다. 카투사 교육대는 새벽 4시에 일어나서 PT 연습을 하고 낮에는 군사용 영어를 암기하고 영어 시험에 통과해야 하고 정해진 PT 점수를 통과해야 자대 배치를 받게 되는데 카투사 교육대 3주 교육 기간은 감감무소식이라 답답했다.

매주 손 편지를 써서 아들의 안부를 묻고 PT 흐름도 알고 점수가 잘 나왔다는 답장을 받아 보고야 안심되었다.

카투사 교육대 수료식에 참석했는데 천막같이 생긴 집에서 단출하고 검소하게 진행되었다. 수료식이 끝나고 준비해 간 집 밥을 다른 전우들과 미군들도 먹이고 행복한 시간을 보내고 부대 문을 나서고 있었다. 아들들은 커다란 더블 백 두 개

에 무거운 짐을 챙기고 자대로 떠나기 위해 연병장에 대기 중
이었다. 평택에 자대 배치되길 기다렸는데 먼 왜관에 배치되
었다. 자대 배치 후 며칠 지나고 아침 PT 연습 중에 머리가
띵하며 쓰러질 것 같다고 했다. 부대 병원에서 머리를 찍어
보니 머리에 물이 찼다고 하여 눈앞에 캄캄했다. 평택 병원에
서 머리를 찍어 보니 괜찮다고 했다. 마음이 놓이지 않아 대
학 병원 머리 전문 명의에게 머리를 찍어 보니 괜찮다고 하니
근심이 사라지고 감사했다.

3부

개똥참외

어릴 적 나는 깡마르고 살집이 없었고 장이 좋지 않았던 모양이다. 초가집 그림자가 커졌다, 작아지는 밤이면 어김없이 뱃속에서 '찌르르' 신호음이 들렸다. 농사일과 집안일로 지친 엄마는 늘 잠이 부족하셨다. 저녁 설거지를 끝내고 방에 들어와서 등잔불 아래에서 바느질하다 피곤하신지 꾸벅꾸벅 졸다 쓰러져 주무셨다. 엄마는 배변 버릇이 나쁜 나에게 처방전을 내주셨다. 어둑어둑해지는 초저녁이면 외양간에 있는 암소를 찾아가 주문을 외우라고 하셨다. 주문 내용은 이러하다.

"닭이나 밤에 똥 싸지, 사람도 밤에 똥 싸냐?"

난 하루도 빠지지 않고 초저녁이면 암소를 찾아가 주문을 외웠다. 그럴 때마다 검은 그림자가 대나무 숲에 서성여서 무서움으로 온몸이 얼어붙었다. 급히 나오려던 똥이 뱃속으로 '쏙' 들어갔다. 그도 잠깐. 웬만하면 참으려고 하지만 참을 수 없어 엄마를 졸랐다.

"엄마, 나 똥 마려워, 이제 정말로 참을 수 없어?"

엄마는 비몽사몽 눈을 감으신 채 내게 대꾸하셨다.

"두엄자리에 가서 누워, 내일 아침에 엄마가 치울게. 하-푸-푸…."

대나무 숲에서 서성이는 그림자가 무서워 밖으로 나가지 못하고 발만 동동 구르며 실랑이를 하고 있었다. 인정사정 봐주지 않는 부름이 내 엉덩이를 발길질했다. 참다못해 단잠에 빠진 어머니를 흔들어 깨워야 했다.

"엄마 나올 것 같아~ 급해~ 잉~"

"그 녀석 참 귀찮게 하네, 아우~ 졸려, 후~우…."

어머니는 떠지지 않는 눈을 억지로 비비며 방문을 열고 나가 두엄자리에 자리를 잡아 주고 마루의 주춧돌 기둥에 기대고 앉아 몰려오는 졸음과 시름 하셨다.

아침꾼 모기는 엄마의 볼과 팔을 사정없이 깨물었다. 엄마는 손바닥으로 연신 온몸 여기저기를 '탁탁'치며 쏟아지는 졸음과 모기와의 쟁탈전에 곤욕스러워하셨다. 볼일을 보는 나는, 나만 홀로 마당에 남겨 두고 엄마가 방으로 들어가셨는지 엄마를 부르며 기다리시나 확인했다. 버릇없는 모기는 살집이 없는 내 엉덩이를 쪼아 댔다. 다리와 엉덩이를 번갈아 탁 탁 치는데 고수 북장단 같았다. 장단에 맞춰 부름이 좋아라, 쾌재를 부르지만 일을 보는 나와 엄마는 모기들이 총공격에 속수무책이었다.

"얘야, 아직 멀었니?"

어머니의 외마디 소리, 대충 마무리하고 삼촌과 고모들이 침을 묻혀 꾹꾹 눌러 쓴 공책을 비벼 화장지로 사용했다. 멀리 별똥별이 떨어지고 달그림자 대나무 숲을 넘어가고 초가집 그늘에 갇혀 있던 반딧불이 날 유혹하였다. 어머니는 입맛을 다시며 하품을 연신 뱉으셨다.

팔월의 불볕은 밤이면 그 열기가 식어 조용하지만 내 배는 밤낮을 가리지 않고 유난히 시끄러웠다. 배앓이를 잘해서 더운 낮에 안채와 떨어진 화장실을 자주 찾아야 했다. 돼지 막사 퀴퀴한 냄새와 그 옆에 있는 재래식 화장실 오물 항아리는 십여 미터 전부터 방에서도 코가 튕겨 나갈 정도였다. 대낮에도 푸세 재래식 화장실은 공포의 장소였다. 항아리 위 납작한 송판때기에 우물 정 井 자로 가로지른 다리는 중심을 잃으면 발이 빠지기에 십상이라 송판때기 위에 올라설 때마다 다리가 후들거렸다.

알싸하고 퀴퀴한 냄새를 풍기는 돈분과 인분이 밀을 벤 밭으로 걸어가더니 뜨거운 햇볕에 육포가 되었다. 육포 사이에 얼굴을 내민 개똥참외, 칠월 생이라 성장할 시간보다 씨를 남겨야 하는 숙제가 급해서 달밤에도 잠을 자지 않고 작은 몸을 익히다 보니 달님을 닮았다. 샛노랗고 앙증맞은 개똥참외. 작아도 단맛은 최고다. 초록색 개똥참외는 아이들에게 야구공과 축구공이지만 어머니의 손에 들어가면 '된장 찜질을 마치고, 얏' 오독오독 참외장아찌가 되었다.

　괜스레 여름이면, 어린 시절 고향의 추억들이 오래된 명화의 한 장면처럼 내 가슴에 피어오른다. 풀벌레 소리 아름다운 그곳. 아름다운 추억이 전설처럼 살아나는 그곳을 어찌 잊으리….

고구마 순 김치

초등학교 5학년 때 큰 외갓집에 놀러 갔다. 칠십이 넘은 큰 외할머니께서 날 보시고 엄마를 쏙 빼닮아서 딸인 줄 금방 알아보셨다고 하셨다.

또한 한 분뿐인 외삼촌은 날 보면 눈물이 그렁그렁 맺힌채.

"네가 엄마를 많이 닮아서 널 보면 엄마 본 거 같아!"

인물이 좋은 아버지를 닮았으면 절색일 테지만 안타깝게 아버지의 급한 성격만 닮았다.

엄마와 할머니는 바느질의 최고 수준이지만 어릴 적 난 바늘과 거리가 멀었다. 치맛단이 뜯어지면 꿰매 입지 않고 묶고 다녔다. 엄마는 선머슴 같다며 걱정하셨지만 고치려고 하지 않았다.

1960년대 여름철, 우리 고향은 남쪽이라 여름에는 더워서 배추 농사가 되지 않아 김칫거리가 귀했다. 엄마는 콩밭 사이에 열무를 심어 열무김치를 담그셨는데 열무 양이 턱없이 부족했다. 부족한 열무김치 대신 껍질을 벗긴 도톰한 고구마 순으로 김치를 담갔는데 새우젓이 들어가서 그런지 달짝지근하니 먹을만했다.

껍질 벗긴 고구마 순을 삶아 소금으로 간하고 들깨를 갈아 넣고 걸쭉하게 볶은 고구마 순 볶음도 아주 맛있었다.

고구마를 키울 때는 고구마 순이 울창하면 뿌리로 영양이 덜 가기 때문에 고구마 순을 따 줘야 뿌리가 잘 자란다. 우리 집은 보리와 밀을 텃밭에 심어 타작이 끝난 밭에 늦은 고구마를 심었다. 이른 고구마를 심은 집이 고구마를 캐 먹기 시작하는 팔월이면 우리 집 고구마는 순이 넝쿨을 뻗어가고 있었다. 고구마를 크게 키우려면 고구마 순을 위로 들췄다 내려놓아야 곁뿌리가 자라지 못하고 원뿌리가 자란다고 하였다. 울창한 고구마 순 일부를 따서 껍질을 벗겨 시장에 팔아 학용품이나 공책을 사기도 했다.

지혜로운 엄마는 우리 세 자매에게 고구마 순 껍질 벗기는 시합을 시켰다. 바로 아래 여동생은 묵묵히 앉아서 껍질이 벗겨지지 않는 것은 그냥 집어넣었다. 하지만 꼼꼼한 나는 고구마 순을 부러뜨려서라도 껍질을 기어코 벗겨냈다. 엄마가 껍질을 깨끗이 벗기라고 강조하지 않았지만 완전히 벗겨야 하는 성격 탓이라 결과물이 동생보다 작았다. 여동생은 많은 양을 벗겨서 항상 일등을 차지했다.

엄마는 언니인 내가 2등을 했어도 야단친 적이 없었다.

내가 어릴 적 선머슴 같은 이유는 동네 친구 4명 모두 남자아이들이라, 같이 뱀이나 개구리, 붕어랑 미꾸라지 잡으러 다니다 보니 선머슴이 된 것이다. 여동생이 나보다 손이 빠르고 일을 잘했던 거는 인정한다.

어려서 덧셈할 때 가끔 실수했는데 덜렁대는 성격 탓이다. 사십 년이 지난 지금도 덜렁대는 것이 오랜 습관이 된 모양이다. 고구마순 껍질 벗기던 어린 시절처럼 고구마 순 껍질을 부러뜨려서라도 깨끗하게 벗겨야 마음에 든다. 어릴 적 버릇이 습관이 된 모양이다.

날지 못하는 새

　둥지를 탈출한 철부지, 날지 못하는 새 한 마리가 있었네. 재판 이혼으로 남남이 됐다. 전남편이 그녀에게 전화를 걸어 공장 경영에 관한 이야기를 들려줬다지. 그녀는 까마득히 먼 나라 이야기처럼 들렸다고 하던 걸. 그녀에게 막강한 응원자인 아버지가 돌아가셨다고 했어. 그녀는 아버지 산소아 가까운 충남대 아래 개천이 흐르고 포플러 잎 팔랑거리는 엉성한 가지 위에 둥지를 틀었다지. 그녀의 주머니도 포플러 잎처럼 가볍게 팔랑거렸다는군. 벼룩시장을 훑고 다니며 일거리를 찾아다녔다는군. 숙식이 가능한 가든 식당에 근무하며 팔랑대는 주머니를 다독이고 오십만 원을 빌려 둥지에 기름을 채웠다지.

냉장고도 할부로 사고 취사도구로 둥지를 대충 채웠다지. 교통사고 후유증으로 다리가 접히지 않아 일을 접었다지.

친구가 근무하는 토지 분양 회사에 입사하여 텔레마케터로 불특정 다수에게 전화를 걸어 토지를 판매했다지. 전화 통화에 대한 부담이 많았던 그녀는 처음은 전화 응대가 힘들었으나 교육을 받고 나니 나아졌다고 하더군. 도서관 같은 책상에 앉아 무작위로 전화를 걸어 아들 같은 초등생이 전화를 받으면 쏟아지는 눈물을 감당할 수 없었다는데 친구가 유머를 날리고 웃게 해 주고 위로해 주었다는군. 밤이 되면 집에 두고 온 초등생 아들이 보고 싶어 메일을 보내고 부치지 않는 편지를 수없이 써 봐도 눈물이 마르지 않았다고 하더군.

두 달 후 야속하던 애들 아빠가 불쌍한 생각이 들었다지. 매일 밤 꿈속에 비행 청소년 된 아들의 미래를 보았다지. 새벽 두 시면 잠이 깨서 눈물이 나고 불면의 밤이 되면서 우울증이 깊어지고 눈물샘이 마르지 않았다고 했어.

그녀는 5개월이 지나고 큰아들 생일 전날, 큰아들에게 마지막 미역국을 끓여 주고 미련 없이 세상을 등지려고 기차를 타고 옛집을 찾아갔는데 문전 박대를 당했다는군. 남자는 그녀가 둥지를 떠난 진짜 이유를 알지 못했다지. 그녀가 들고 간 생일 케이크와 미역 봉지가 땅바닥에 내동댕이쳐졌다고 했어. 작은아이 얼굴도 보지 못하고 호출당한 경관이 그녀를 옛

집에서 밀어냈다는군. 나중에 들어 보니 그녀를 보내고 남자는 울었다고 하더군. 문전 박대 당한 그녀는 생을 마감하기 위해 울며불며 강을 향해 걸어가는데 친정엄마 얼굴이 떠올랐다는군. 친정엄마에게 불효할 수 없다며 마음을 다부지게 먹고 아이들 가까운 곳에 둥지를 틀고 직장을 구하자는 결론을 냈다고 하더군. '죽을힘을 다해 살자. 아이들 곁에서 할 수 있는 일을 찾자!' 결론을 내고 역 근처 찜질방에서 잠시 눈을 붙이다 새벽 첫 기차로 대전에 내려가서 회사에 아침 일찍 출근했다는군.

그녀가 쓴 단편 동화 「방귀쟁이 풀」이 사계 김장생문학상 전국 공모전에 채택되어 은상을 받으러 갔다는군. 소정의 상금과 상장을 받고 식사 중인데, 전화가 왔다지.

"엄마, 아버지를 어렵게 설득하여 결론을 낸 거니 이유 묻지 마시고 짐 챙기고 기다리시면 제가 어머니 모시러 차를 가지고 대전으로 갈게요."

그녀는 오두막에서 짐을 챙기고 기다리고 있으니 큰아들이 승합차를 몰고 왔다는군. 어머니의 의무를 다하지 못했으니 아이들 앞에 무릎을 꿇고 용서를 빌었다고 하네.

한 지붕 아래 같이 살면서 부딪치고 상처를 후벼서 덧내던 6개월이 가장 견디기 힘들었다고 하더군. 어렵게 화해하고 호적상 두 번째 부부가 되었다고 하네.

2년여 시간이 지나고 작은아이에게 속마음을 물어봤다지?

"너, 천식이랑 비염이 있는데 엄마가 어린 널 버리고 가서 엄마 원망 많이 했지?"

"앞으로 엄마 없이 살아야 하는구나, 하고 생각했어요. 하지만 돌아오셨으니까 이제 괜찮아요. 지금 우리 가족은 행복하잖아요, 그럼 됐어요."

작은아이가 마음속에 숨긴 생각을 가감 없이 털어놓았을 때 그녀는 가슴이 뜨끔했다고 하더군. 재결합 후 2년의 세월은 고난의 시간이었지만 투덕투덕 전쟁을 치를망정 잘 돌아왔다고 하더군. 그녀는 언제 어디서나 바람에 씨앗을 날리는 민들레처럼 꿋꿋하게 땅속 깊이 뿌리를 내리고 살기로 다짐했다는군. 친정엄마 말씀처럼 '잘나도 내 낭군, 못나도 내 낭군'이란 말을 떠올리며 악착같이 살기로 했다는군.

만남

 서울을 떠나가신 엄마가 보고 싶어도 꾹꾹 눌러 참으며 이런저런 핑계를 대며 2년이 되도록 가 보지 못했다. 그리움이 목까지 차올라 버티기 힘들었다. 그 무렵 작은아들이 수시로 대학에 합격하였으므로 같이 엄마를 만나러 부산의 요양원으로 달려갔다. 세상에 하나뿐인 욻 엄마는 요양 보호사가 끄는 휠체어에 의지하고 나오셨다. 초롱초롱하던 눈빛은 초점이 흐려져 있었고 느낌도 그리 좋지 않았다.

 엄마가 좋아하는 도가니탕을 구하지 못해 추어탕을 사 갔다. 추어탕에 밥을 말아 잘게 찢은 좋아하는 치킨 살점을 밥 위에 올려 드렸더니 엄마는 맛있게 받아드셨다. 볼에 살이 붙으셔서 보기 좋다고 했더니, 엄마 말씀이 "내가 움직이지 못해서 여기 선생님들이 고생을 많이 해서 너무 미안해."

엄마는 나보다 남을 더 생각해 주는 그런 분이셨다. 이번 만남이 마지막이 될 거 같은 불길한 생각이 들었다. 아기처럼 품에 안아 드리고 엄마 볼에 내 얼굴을 비비고 뽀뽀도 여러 번 해 드렸다. 작은아들과 함께 사진을 찍었는데 엄마 등 뒤에 서성이는 흐릿한 그림자가 있었다. 다시는 엄마의 손과 살결을 만져 보지 못할 것 같아 엄마 얼굴과 손을 여러 번 만지고 또 만졌다. 며칠 후 큰아들과 남편이 업무차 부산에 내려간 길에 엄마를 만났는데 따라나서고 싶은 눈빛을 보고 발이 떨어지지 않았다고 했다.

일주일 후, 여동생의 전화. 엄마가 천식과 폐렴으로 한 달 동안 병원에 입원하셔야 한다고 했다. '드디어 올 것이 왔구나!' 못된 생각이 뇌리에 스쳤지만 믿고 싶지 않았다. 엄마를 만나러 가기 며칠 전 돌아가신 아버지와 엄마가 꿈속에 여러 번 우리 집에 걸음 하셨다. 못난 큰딸 얼굴이 보고 싶어 자주 꿈에 현몽하신 것이다. 봄이 오면 넓은 마당이 있는 우리 집으로 엄마를 모셔 와 좋아하는 꽃을 보여 드리자고 가족들과 약속했는데 이룰 수 없는 꿈이 되었다.

엄마는 우리 4남매에게 기다림의 시간을 허락하지 않으셨다. 열아홉 살에 아버지에게 시집오셔서 첫닭이 울면 일어나

절구에 보리방아 찧고 보리를 삶아, 불린 쌀을 얹어 조반을 지으셨다. 농사일하며 시부모님 공경하고 치매 걸린 증조할머니의 이부자리를 수없이 세탁하셨던 우리 엄마. 세월이 흘러 고매한 할머니도 치매에 걸리셨다. 엄마는 지극정성으로 할머니를 보살펴 드렸고 효부상도 여러 번 받으셨다. 큰오빠가 젊은 나이에 먼 나라로 여행을 떠나자 남편은 친정 부모님에게 화성시 정남면과 팔탄면에 있는 시골집을 두 번이나 얻어 드렸다.

할머니 돌아가시고 작은 오빠가 만들어 준 안성 집에 감나무를 심고 소원이신 문패도 달고 행복한 시간이었다. 아이들을 데리고 안성에 갈 때 엄마 좋아하시는 치킨과 도가니탕, 아버지 좋아하는 떡, 달걀, 생선, 쌀을 사고 소고기 장조림을 만들어 갖다 드렸다.

남편은 남서울대학교 등굣길에 부모님 댁에 수시로 들려 천식 약과 어지럼증 약도 챙겨 장기 복용하게 해 드렸다. 엄마 목에서 그렁그렁 끓던 가래가 일순간에 사라졌다. 아버지가 돌아가시고 엄마의 알콩달콩한 행복이 끝났다. 작은 오빠 내외가 서울에 모시고 살며 대공원도 모시고 가고 엄마의 하나뿐인 동생, 이모님을 만나게 해 주고 지극정성을 다 했다.

엄마는 아버지와 행복한 추억으로 가득한 부산의 요양원에서 2년여 계시다 2014년 새벽 3시 20분 사랑하는 아버지 곁으로 가셨다.

장례 차량이 떠나고 묘소에 덩그러니 남은 영정사진 속에
엄마는 날 보시며 빙그레 웃으셨다. 소풍을 마치고 아버지 곁
으로 가시니 행복하신 모양이다.

무녀리

열다섯 살 겨울, 아버지와 엄마가 서울 작은할아버지 댁에 잔치가 있어 올라가셨다. 위로 오빠가 둘이지만 오빠들도 집에 없으니 돼지 밥 당번으로 내가 당연하게 낙점되었다.

할아버지가 돼지 밥 주는 일을 거들어 주지만 아버지는 서울로 떠나시면서 어린 내게 말했다.

"혹시라도 어미 돼지가 새끼를 낳으면 윗집 아저씨를 찾아가렴."

나는 돼지 밥을 주는 것이 재미있었다. 특별히 귀여운 돼지에게 풀을 집어 주었더니 얼굴을 익혀서 내가 지나가면 맛있는 풀을 달라고 꿀꿀거렸다. 날 보고 아는 척하는 돼지들이 사랑스러워서 풀을 집어 주고 이마를 긁어 주었다.

돼지 밥을 주는데 만삭의 어미 돼지가 짚을 물어 날랐다. 그건 새끼를 낳을 자리를 만드는 행동이란 것을 아버지를 통해 전해 들었고 여러 번 보아온 터라 익히 알고 있었다. 돼지가 짚을 물어 나를 때마다 아버지는 깨끗한 짚을 잘라 막사에 듬뿍 넣어 주며 어미 돼지에게 말을 걸으셨다.

"새끼가 나오려고 하냐? 그래, 힘들지만 잘 낳으렴!"

아버지는 분만을 앞둔 어미 돼지가 대견하신지 엉덩이를 토닥거리셨다. 할아버지께 어미 돼지가 짚을 물어 나른다고 말씀드렸더니 짚을 잘라 막사에 듬뿍 넣어 주고 방으로 들어가시더니 감감무소식이다. 분만을 앞둔 어미 돼지는 입맛이 없어 깔깔한 것을 알기에 새끼들이 먹는 보리죽을 듬뿍 주었다. 먹성 좋은 어미 돼지가 산통이 오는지 맛난 보리죽의 반도 먹지 않았다. 물어다 놓은 마른 짚 위에 자리를 잡고 누워 끙끙대며 진통을 시작했다. 밤에 출산할 거 같아 어둡기 전에 돼지 막사에 호롱불을 밝혀 주었다. 나는 막사 안에 넘어 들어가 어미 돼지 옆에 쪼그리고 앉았다. 아버지처럼 멱둥구미를 대령해 놓고 헌 옷 뭉치 더미를 갖다 놓고 대기 중이었다. 부드러운 헌 옷을 손에 들고 새끼 돼지가 나오길 기다렸다. 어미 돼지는 이삼십 분 간격으로 한 마리씩 분만했다.

아버지처럼 분만된 새끼 돼지의 입을 먼저 닦아 주어 숨통을 터 주고 탯줄을 실로 묶어 가위로 자르고 몸통과 발을 깨끗이 닦고 멱둥구미 안에 새끼 돼지를 넣고 헌 옷으로 따뜻하게 덮어 주었다. 어미가 분만하지 않을 때는 갓 난 새끼를 안아다 어미젖을 물려 주었다. 어미 돼지는 세 시간 동안 여섯 마리를 분만하고 한참을 힘을 주며 애를 태우고 있었다. 새끼가 나오고 남을 시간인데 그대로 놔두면 사산될 위험이 있어 아버지와 막역한 윗집 아저씨에게 달려갔다. 아저씨는 어려운 일이 아니라며 대수롭지 않은 듯. 새끼 돼지 꺼내는 방법을 가르쳐 주고 날 따라나서지 않았다. 하지만 나는 속이 타들어 갔다. 새끼 돼지를 살려야 한다고 생각하며 집으로 한달음에 날아왔다. 손과 팔뚝에 들기름을 잔뜩 바르고 어미 돼지 분만 구에 오른팔을 깊숙이 집어넣었다.

다행히 분만 구 근처에 있던 새끼 돼지 입이 손에 잡혀서 무사히 꺼낼 수 있었다. 내가 꺼낸 막내 돼지의 덩치가 7마리 중에 가장 컸다. 맨 먼저 나온 돼지가 무녀리인데 그건 어미의 문을 열고 나왔다는 뜻이다. 맨 나중에 나왔으니 문 닫힘인가, 덩치가 커서 빨리 나오지 못한 모양이다.

분만이 끝나자 새끼 돼지를 감싸 준 태가 나왔다. 고생한 어미 돼지의 배를 쓰다듬어 주고 새끼들을 데려다 어미 돼지의 젖을 물려 주었다. 어미 돼지가 '꿀꿀꿀' 소리를 낼 때마다 새끼들은 기분 좋게 한입 가득 젖을 빨아 먹었다. 다음 날 귀가 하신 아버지가 웃으며 말씀하셨다.

"힘들었을 텐데, 네가 어떻게 새끼를 꺼냈어? 아유~"

아버지는 어린 내가 예뻐서 어쩔 줄 몰라 하셨다. 난 아버지가 하시는 일이 재미있어 보였다. 아버지처럼 돼지 막사 안의 오물을 긁어내는 일을 해 보고 싶었다. 아버지라 말리셔도 하고 싶은 건 해야 하는 성격으로 막사에 들어가니 덩치 큰 어미 돼지가 머리로 날 밀었다. 잘못하면 막사 바닥에 있는 오물을 뒤집어쓸 수 있었다. 지혜가 떠올랐다. 아버지처럼 어미 돼지 반대쪽에 풀을 한 움큼 집어 주고 풀을 먹는 동안 서 있지 않은 쪽의 오물을 긁어 밖으로 퍼냈다. 돼지를 좋아하는지라 돼지들에게 깨끗한 환경을 만들어 주고 싶었다. 아버지가 하는 일이 어린 내겐 재미난 놀이 그 자체였다. 냇둑에서 개구리를 잡아 오면 아버지는 보리죽에 개구리를 넣고 삶아 새끼 돼지들의 영양식을 만들고 용돈도 주셨다. 귀여운 새끼 돼지도 챙기고 용돈도 생기고 아버지 사랑도 듬뿍 받고 기분 좋아 내 입이 귀에 걸렸다.

병이 도졌다

어린 시절 눈이 허리에 차도록 쌓인 넓은 들판을 꿩을 잡기 위해 한나절이나 논바닥을 헤매고 쏘다녔다. 오빠들은 끝까지 꿩을 쫓아가면 꿩이 지쳐 머리를 처박고 몸이 밖으로 나와 있을 때 잡으면 된다고 말했다. 발이 푹푹 빠지는 울퉁불퉁한 논바닥에서 꿩을 한없이 쫓아갔다. 아이들이 쫓으면 꿩은 낮게 날다 지친 것인지 잠시 논두렁에 앉아 쉬었다 나지막하게 날았다. 꿩이 앉아서 쉬고 있으면 아이들 걸음이 빨라지고 꿩이 날아가면 아이들의 걸음이 느려졌다. 꿩이 앉아 있으면 뜀박질 잘하는 오빠들이 달려갔고 꿩은 '푸드덕'거리며 낮게 날았다.

아이들이 꿩을 쫓는다. 꿩은 아이들에게 쫓기느라 높이 날지 못하고 낮게 날다 저만치 가서 논둑에서 쉬고 있었다. 꿩을 따라간 아이들이 지쳐서 눈 위에 벌렁 드러누웠다. 꿩이 땅에 머리를 박고 쉬고 있으면 누군가 외쳤다.

"저기 꿩이 머리 박고 쉬고 있어. 빨리 잡으러 가자!"

그 말이 끝나기 전에 아이들이 일제히 하늘로 날아오른다. 꿩 잡기 놀이에 겨울 햇살이 얼음장처럼 차갑게 식었다. 입으로 구전되는 기막힌 꿩 잡기에 성공한 스토리는 세대를 이어가며 아이들에게 구전되었다. 아무래도 선배가 잡은 꿩은 새총에 맞은 꿩이었던 게다. 땅 위를 걷는 사람이 하늘을 나는 꿩을 어떻게 잡을 수 있다는 건지, 그건 동심의 세계에서나 가능한 일이다. 마을 앞 개울을 지나고 2킬로나 되는 울퉁불퉁 논바닥에 쌓인 눈 속에 발이 빠지며 헤매다 보면 제방이 나온다. 꿩은 제방을 넘고 냇가를 지나 건너편 제방에 앉았다. 넓은 냇물은 여름에는 물살이 빠르고 깊어서 접근 금지, 겨울에는 물을 내리지 않아 깊이 페인 곳을 제외하고 어른 발목에 찰 정도 잔잔한 물이 흐르거나 살얼음이 얼었다. 겨울에는 모래섬이 있어 모래섬만 따라가면 발이 빠지지 않고 넓은 냇물을 쉽게 건널 수 있다. 넓은 내와 제방을 넘어 실개천 위를 날고 있는 꿩을 따라 잡힐 듯 말 듯 쫓고 쫓기는 꿩과 잡기 놀이에 빠졌다.

제방 둑 넓은 길은 비포장 된 소달구지 전용길이라 움푹 들어가서 바큇자국을 피해 평평한 가운데 길로 걸어야 했다. 그 길은 시내버스 정류장으로 가는 곧게 뻗은 지름길이다. 소달구지 길을 걸으면 논바닥을 걷는 것보다 수월하지만 꿩이 다니는 길이 아니니, 논바닥 길을 걸을 수밖에 없다. 눈구덩이에 발이 빠지며 오직 꿩을 잡고야 말겠다는 일념 하나로 꿩을 따라간다. 아이들은 꿩이 지치기를 바라지만 꿩의 인내심이 아이들 못지않았다. 꿩은 있는 힘을 다해 평야를 등지고 큰 산을 넘어갔다. 꿩 쫓던 아이들은 꿩이 날아간 하늘을 멍하니 바라본다. 꿩을 놓치고 돌아오는 길은 빈손이라 지치고 힘들겠지만 아이들 얼굴은 아쉬움 없는 한없이 밝은 표정이다. 걷다가 지치면 눈 위에 드러누워 눈 사진도 찍고 실개천에서 얼음을 지친다. 논바닥에 하얗게 살얼음이 있으면 달려가서 발뒤꿈치에 체중을 싣고 발을 하늘로 올렸다 내려친다. 발뒤꿈치에 힘이 실려 얼음이 깨지는 소리가 경쾌한 행진곡처럼 아이들 귀에 들린다.

　늦가을이면 끝이 구부러진 꼬챙이로 실개천 옆 들쥐 집을 후벼 서생원이 숨겨둔 벼 이삭 뭉치를 꺼내고 환호한다. 몇몇 아이들은 논바닥에 떨어진 벼 이삭을 주우러 다녔다. 개울둑 들쥐 집 입구에 불을 지펴 뿌연 연기가 피어오르면 화들짝 놀란 들쥐가 반대편 출구로 급히 빠져나온다.

들쥐는 연기에 취해 개울물에 빠져 허우적거렸다. 아이들은 물에 빠진 들쥐를 보며 좋아라, 박수를 보낸다. 아이들은 군중 심리로 한마음이 되어 즐거움으로 들썩인다. 이듬해 가을 추수 전까지 먹을 양식을 훔쳐 간 들쥐 도둑은 농사꾼의 아들인 아이들에게 응징의 대상이었다. 쌀을 아끼느라 보릿고개를 수제비나 국수로 힘들게 넘는데 벼를 훔친 들쥐는 도둑 중에 최고의 왕초 도둑이다. 부모님을 대신하여 아이들이 복수해 준 셈이다.

무자위

아버지는 봄이면 못자리를 만들기 위해 개울에서 논으로
뚫어 놓은 창구로 무자위에 올라가 날개를 힘차게 밟았다.

무자위가 돌아갈 때마다 개울에 있던 긴 물줄기가 무자위
날개를 타고 천이백 평 논으로 뛰어들어 갔다. 미꾸라지도 무
자위 날개를 타고 논으로 따라 들어갔다. 무자위 날개가 삐거
덕거리며 숨을 몰아쉬었고 빙글빙글 돌 때마다 개울물은 춤
을 추며 논으로 날았다. 엄마가 챙겨 주신 아버지 새참은 암
탉이 낳은 유정란 한 알과 새콤한 주스였다. 아버지가 새참을
드시러 무자위에서 내려오신 틈을 타서 나는 무자위 날개에
날래게 올라갔다. 박자를 맞춰 무자위 날개를 밟으니 난 날다
람쥐가 되었다.

무자위 날개를 밟을 때마다 논으로 뛰어들어 가는 개울물을 보면 신기하고 즐거워 콧노래가 절로 나왔다.

냇가에서 붕어와 우렁이를 잡을 때 억수같이 퍼붓는 비를 만나면 개울 둑에 우두커니 서 있는 무자위 품으로 숨었다. 무자위는 비를 막아 주고 아버지처럼 날 꼭 안아 주었다.

여름이 가고 가을이 되어도 무자위는 냇둑에 서 있었다.

아버지는 누렇게 익은 벼를 베서 볏단을 묶어 논에서 냇둑으로 등짐 지게를 이용해 날랐다. 무자위 옆 개울둑에 열십자로 볏단을 쌓았는데 비가 와도 벼는 젖지 않았다.

아버지는 볏단이 없어질 때까지, 좁은 개울 다리를 건너 소달구지 위에 나르셨다. 소달구지는 아버지 지게에 업혀 온 볏단을 태우고 덜컹거리며 우리 집 마당에 도착했다. 볏단들은 성처럼 높이, 여러 무더기가 넓은 마당을 채웠다. 일손들을 불러 모은 후, 벼 이삭이 벼훑이에 들어가더니 벼 알만 남기고 줄기와 잎은 하나로 묶어졌다.

벼훑이에서 나온 벼 알 위의 검불을 대 빗자루로 쓸어 내고 벼 알갱이는 가마니에 담아 창고에 보관하였다.

볏단이 떠난 냇둑에는 무자위만 덩그러니 남아 추운 겨울을 알몸으로 맞는다. 두툼한 눈옷을 껴입고 봄을 기다렸다.

무자위는 깔깔대며 웃는 내 목소리와 아버지의 웃음을 겨울이 다 가도록 한없이 기다린다. 무자위의 행복은 겨울에서 봄으로 이어지는 길고 긴 다리 기다림으로 충만한 시간이었다.

보약

2009년 봄, 별이 쏟아지는 해변을 보기 위해 길을 떠났다. 서해안고속도로 발안 나들목을 출발하여 영동고속도로 동수원 나들목 진입 전부터 거북이걸음으로 서행했다.

출발한 지 두 시간이 지났는데 용인을 벗어나지 못했다. 마음 같아선 차를 돌려 집으로 돌아가고 싶은 심정이다. 휴게소에 진입했지만 난 꿈나라 여행 중이라 알지 못했다.

"어차피 길이 밀리니 휴게소에서 뭐 좀 먹고 가자."

먹는다는 말에 잠이 달아났다. 얼큰한 비빔냉면과 회 냉면, 커피 한 잔에 뭉그적거리는 졸음을 쫓아내고 출발했다.

대관령 터널에 이르니 안개에 갇히고 시간이 정지되었다. 안개비가 차창에 내려앉았다. 터널 두 개를 빠져나가느라 이십여 분 걸렸는데 두 시간처럼 지루하게 느껴졌다. 거북이걸음으로 빠져나오니 화창하고 청명한 맑은 날씨였다. 누가 마술을 부린 걸까, 요술을 부린 걸까. 같은 강원도 하늘인데 고갯마루를 두고 흐리고 갠 날씨라니….

북강릉 나들목을 빠져나와 속초 대포항으로 가는 도중 연곡해수욕장에 들렀다. 1985년 5월 만삭의 몸으로 해수욕장에서 여름 장사를 하기 위해 시장 조사차 갔다. 발이 부어서 샌들이 벗겨져 길에서 주운 털 실내화를 신고 다닌 행복한 추억이 있는 곳이다. 국유지 해변을 임대 받은 사람이 재임대해 주는 구조라 임대료가 터무니없이 비쌌다. 가게라지만 바닷가 맨땅에 새끼줄로 줄을 쳐서 구분을 지은 것이 전부다.

피크 때 장마가 지면 설치 비용도 찾을 수 없어서 우린 마음을 접어야 했고 같이 갔던 조카도 반대했다. 식당에서 생선회를 주문했는데 가격 대비 양이 엄청나게 많았다. 생선회 먹방 3인방이 먹고 먹어도 많아 매운탕에 생선회 살점을 넣어 먹었던 기억이 나서 피식 웃었다. 우린 대포항에서 생선회를 주문했다. 실컷 먹고도 남아 생선회 살점을 매운탕에 넣어 먹었다. 옛이야기 안주 삼아 소주를 마셨는데 작은 종이컵으로 두 잔이라 소주잔으로 채 한 잔이 되지 않은 양이다. 뷰가 좋은 곳에 묵고 아침 일찍 출발해서 횡성 한우를 사고 싶었으나 토요일은 귀경하는데 최소 8시간 이상 걸린다. 밤 아홉 시 반에 출발했고 운전은 내 차지다.

대관령에 이르니 역시 안개 세상이다. 안개비가 내리는 어두운 밤길 운전이라 무섭다. 가로등 불빛이 망망대해의 등대처럼 반갑다. 산에서 동물이 내려와 차로 뛰어들 거 같고 전설의 고향에 등장하는 으스스한 분위기이다. 내 차선에 다른 차가 끼어들 것 같아 비상등을 켜고 운전하는데 남편이 잠을 자며 고맙다고 한다.

이슬에 젖은 내리막 도로의 노면이 미끄러워 겁이 났다. 횡성휴게소 한우 사골과 불고기용 소고기를 샀다. 정성으로 끓인 곰국에 파 송송 썰어 넣고 맛있게 먹는 행복한 가족들의 얼굴이 스쳐 간다.

새벽 세 시에 집에 도착했다. 사온 사골을 찬물에 담그고 쌀도 씻어 담그고 잤다.

삶에 지칠 때 여행은 보약이다.

임상리에서

나는 어릴 적 넓은 곡창 지대가 눈앞에 펼쳐지는 전북 익산군 팔봉면 임상리 동사동 494번지에서 태어났다. 어린 시절 붕어를 잡기 위해 냇가에 들어가 개흙으로 둑을 쌓고 싸리대로 물길을 막아 검정 고무신으로 물을 퍼냈다. 물길을 따라 내려온 붕어들이 파닥거리면 잽싸게 잡았다. 물풀 속에 숨은 붕어나 꽃게를 손으로 더듬어 잡았다. 여름철 장맛비에 논에서 가출한 우렁이들이 논두렁 가장자리에 나와 흙탕물에 쓸려가지 않으려고 논 벽에 다닥다닥 붙었다. 잠깐만 잡아도 우렁이가 한 바가지다. 물고를 따라 거슬러 온 미꾸라지도 물길에 춤을 추고 있다. 할머니는 내가 잡아 온 우렁이를 삶아 알맹이를 꺼내 고추장 양념에 무쳤는데 어찌나 맛있던지, 지금도 우렁이를 보면 할머니의 우렁이 무침이 생각난다.

늦가을이면 동네 언니들을 따라 야트막한 산을 뒤지며 쌉싸래한 싸리버섯을 찾아다녔다. 고향의 산들은 대부분 야트막한 야산이라 싸리버섯이나 버섯들이 많았다. 야산 옆 밭에는 고구마를 캐고 남은 뼈다귀처럼 바짝 마른 고구마 줄기 사이에 보라색 새싹이 얼굴을 내밀었다. 고구마를 캘 때 옆구리에 매달린 것을 발견하지 못한 것, 자신의 존재를 알리기라도 하듯, 이삭 고구마가 보라색 싹을 틔우고 땅 위에 올라와 두리번거리고 있는 것이다. 어찌나 반가운지, 밥을 먹고 헤매고 다닌 지 오래된 터라 배가 고팠다.

이삭 고구마를 나무 꼬챙이로 파거나 검정 고무신을 신은 발로 흙을 제치면 이삭 고구마가 붉은 자태를 드러낸다. 고구마를 풀숲에 쓱쓱 닦아 흙을 털어 내고 입으로 껍질을 대충 벗기고 달짝지근한 고구마를 아작아작 씹는 소리가 여기저기에서 들린다.

반세기가 지났다. 십여 년 전 고구마를 캐고 남은 밭에 난 이삭 고구마 보라색 싹이 보고 싶어 병이 났다.

예산 친구 집에 갔을 때, 이삭 고구마 싹이 너무 보고 싶었다. 남편은 고향이 서울이라 향수병을 앓고 있는 날 전혀 이해하지 못했다. 그건 나만이 앓고 있는 고질병이었다. 그토록 보고 싶던 이삭 고구마를 만나지 못한 채 세월만 덧없이 흘러

갔다.

2021년이었다. 대부 받은 밭에 고구마를 심기 위해 두렁을 만드는데 풀밭이라 풀을 뽑다가 지치고 말았다. 트랙터로 갈아엎으면 간단한 일인데 수작업으로 하려니 너무 힘들어 꾀를 냈다.

두렁을 넓게 만들고 고구마 순을 지그재그로 많이 심었다. 가을에 두 아들과 함께 고구마를 캐다 보니 고구마가 가뭄을 이기려고 수분이 많은 땅속으로 뿌리를 깊이 내렸다. 이십 센티 넘게 자란 고구마를 캐는데 무척 힘들었지만, 삽이나 호미에 찍혀 상처가 나지 않게 보물을 캐내듯 정성껏 캤다. 고구마를 하나도 남기지 않고 잘 캤다고 생각했는데 원줄기 아닌 옆 줄기에서 자란 고구마를 발견하지 못했다.

어린 시절에도 옆구리에 자란 고구마가 많았던 모양이다.

양파와 마늘을 심느라 트랙터로 밭을 갈다 보니 보라색 이삭 고구마 새싹이 땅 밖으로 나온 것을 보았다. 가슴속에 묻은 첫사랑을 만난 것처럼 가슴이 두근거렸다. 그토록 만나고 싶어 가슴앓이 했는데 드디어 꿈을 이뤘다.

탈출

2004년 여름 만리포해수욕장에서 카누를 타고 표류했다. 여름철 바다 장사하는 분이 날렵하고 잘생긴 카누를 우리에게 무상으로 빌려주었다. 카누에 대한 기본 상식이 없으면서 좋아라, 들떠 있었다. 나와 열 살배기 작은아이는 남편의 만류도 듣지 않고 카누를 타고 바다로 나갔다.

'하나, 둘…' 호흡에 맞춰 작은아이와 노를 저었다. 카누는 한 치 망설임 없이 거침없이 바다로 뛰어들었다. 안전지대를 벗어난 카누는 수평선으로 달려갈 기세였다. 두려움이 엄습했다. 난 카누에서 내려 몸을 해수면에 누워 배영으로 카누를 끌고 전속력으로 뭍을 향해 질주하였다.

멀리서 남편의 고함치는 소리가 내 귀에 까마득히 들렸다.

카누는 배영 실력을 무시하고 넓은 바다로 달려가려고 안달이 났다. 배영을 하다가 발을 바닷속으로 내렸다. 해수면에 발이 닿으면 카누를 끌고 가려는데 발이 공중에 두둥실 떠 있었다. 그 순간 두려움이 무섭게 엄습했다. 저만치 튜브를 타고 노는 젊은이에게 우리가 탄 카누를 해변으로 밀어 달라고 도움을 청했다. 젊은이가 카누를 힘껏 밀어 주자 내 배영이 탄력을 받아 깊은 바다를 탈출하여 뭍으로 무사히 귀환할 수 있었다. 그때의 아찔한 기억은 평생 잊지 않는 추억이 되었다.

할머니의 주머니

쑥대를 태운 연기가 모기를 찾아 나서는 밤이면 할아버지와 아버지가 손수 짜신 멍석에 누워 은하수 별을 보며 할머니의 부채 바람에 실려 온 옛날이야기에 취했다.

모기의 '앵앵'거리는 소음마저도 정겨운 밤이었다. 할머니의 옛날이야기는 동생들에게는 자장가였지만 초저녁잠이 없는 난 할머니의 별 이야기로 흥미진진했다.

"시아버지 밥상을 들고 가다 방귀를 뀐 며느리가 얼굴이 빨개져서 유난히 밝은 별이 어떤 별 인지 아니? 저거야, 유난히 밝은 별. 저건 전갈자리, 국자 모양의 북두칠성, 남쪽엔 남두칠성…."

할머니는 소싯적 책을 많이 읽어서 별 이야기, 장화홍련전,

춘향전, 별주부전… 등등 많은 이야기를 들려주셨다.

할머니의 옛날이야기는 나에게 아동 문학가가 되고 싶은 꿈을 꾸게 해 주었다.

아이들을 키울 때 동화책을 많이 읽어 주었는데 그래서 그런지 두 아들이 심성이 착하게 자란 것 같다. 만화로 나온 이야기 한국사 책을 헌책방에서 구해 작은아이가 잠들 무렵 구연하듯이 재미나게 읽어 주었다. 세월이 흘러도 작은아들은 내게 들은 한국사에 밝았다.

후회

   2006년 2월 남편과 말싸움하다 같이 늙어가기 싫다며 한밤중에 집을 나와 택시를 잡아 타고 서울 작은 오빠 집으로 갔다. 결혼 생활 25년 동안 친정 식구들에게 남편 흉을 본 적이 없던 내가 힘들었던 순간을 대충 이야기했다.

   올해 팔순인 친정엄마는 등이 새우등처럼 굽고 활처럼 휘었다. 지팡이 없이는 한 발자국도 떼지 못하는데 사십 대 후반의 딸이 산후풍으로 무릎과 발이 시린 것이 걸렸는지, 내 이부자리를 덥히느라 초저녁부터 주무셨다. 활처럼 휜 허리 때문에 등뼈가 울퉁불퉁 튀어나와 등이 방바닥에 닿기만 하면 아파서 질색하시는데 푹신한 엄마의 침대는 비워 두고 내 이부자리에서 주무시는 것을 보니 엄마의 자식 사랑에 코끝이 찡해진다.

어릴 적 나는 유난히 배앓이를 자주 하고 빈혈이 심했다.

여동생이 둘이나 있는 언니였지만 유난히 엄마 등에 업혀 살았다. 엄마는 배가 아픈 날 살리겠다는 일념으로 좁은 논둑 길을 쌀 두 말 반 무게가 되는 날 업고 가서 큰집 할아버지에게 침을 맞게 했다. 엄마의 등과 허리가 구부러지게 만든 일등 공신이 나였음을 나이가 들어 이제야 알았다.

초등 1학년에 홍역을 치르느라 열흘 동안 앓아누워 헛것이 보이고 정신이 혼미한 날 살려 낸 것도 엄마였지만 기억하지 못하고 동생들에게 엄마의 사랑을 빼앗겼다고 불만이었고 아들인 오빠들만 예뻐한다고 억지를 부렸다.

엄마가 날 윗동네 작은할머니댁에 심부름을 보내면 함흥차사였다. 그 동네에는 여자친구들이 여럿 있어서 어울려 노느라, 날이 저물어야 집으로 돌아왔다. 바쁜 엄마의 손을 거들어 드리거나 어린 동생들을 자주 돌봐 주지 못한 못된 큰딸이었다.

30년 세월이 흘러도 여전히 철이 없는 건 마찬가지다. 엄마랑 마주 앉아 화투짝을 뒤집어 놓고 짝 맞추기 놀이를 하고 김장 김치를 넣고 두부를 짜고 남은 되비지로 찌개를 해 드리고 좋아하시는 치킨을 사다 드리면 잘 드셨다. 하지만 엄마의 사랑 어린 잔소리는 날이 갈수록 늘었다.

"지금은 네가 이 서방이 미운 생각만 들어서 그런 거야. 춘

향이 이야기 듣지 못했니? 못나도 내 낭군, 잘나도 내 낭군이라고 하잖아, 해가 져 봐라. 어린 아들이 보고 싶어 눈물이 날 게다. 아이들 곁으로 어서 돌아가."

엄마의 뼈아픈 잔소리가 듣기 싫어 취직자리를 알아보려고 서울 시내를 헤맸지만 반겨 주는 일자리는 한곳도 없었다.

남편은 내게 화해의 손길을 내밀었으나 의견 대립으로 합치를 이루지 못해 힘들었다. 남편이 내 의견을 존중하지 않고 지시형이라 불만이었다. 나 역시 남편이 잘한 것은 잘했다고 칭찬해 주어야 했지만 칭찬에 인색했다. 우리가 '을'의 입장이므로 '갑'인 매출처에 조금이라도 고개를 숙여 주길 바랐다. 남자는 자존심에 살고 죽는다는 것을 전혀 생각하지 못했고 이해하지 못했다. 남편이 조금만 참았다면 손해를 만회할 수 있었는데 힘들게 쌓은 공든 탑을 한순간 무너뜨려 원망스러웠다. 앞길이 막막하고 살아갈 일이 꿈만 같았다. 엄마 말씀이

"**어미야, 어서 돌아가, 어둑해지면 어린 것이 생각나 힘들 거야. 엄마 말이 맞아, 어린 아들 떼어 놓고 절대로 못 살 거야. 나중에 보렴. 엄마 말이 맞았다고 할 거야."

엄마는 목사님처럼 같은 설교를 반복하셨다. 아니라고 부인했으나 시간이 지나고 어둠이 몰려오면 작은아이가 보고 싶어서 죽을 거 같았다. 세상에 부모처럼 자식에 대해 잘 아는 사람은 없다.

엄마 말씀대로 가족과 떨어져 살다 육칠 개월 후에 마음을 다잡으며 가족이 있는 내 둥지로 돌아왔다. 돌아와서 잠시 힘들었지만 나를 가장 잘 아껴 준 엄마를 사랑하고 존경하는 마음으로 가득했다.

댓잎과 동치미의 사랑

어릴 적 아버지는 대나무 숲 아래 토굴을 파 내려가며 발디딜 곳을 만들고 점점 토굴 속으로 깊이 들어가셨다. 나도 아버지를 따라 토굴 안으로 들어갔더니 여름인데 겨울처럼 한기가 들며 시원하고 아늑했다.

토굴은 감자나 생강 등. 종자로 쓸 농작물 보관 창고다.

토굴 옆 여름철 간이 부엌에는 두 개의 아궁이가 있다. 대나무 가림막이 있어서 비가 와도 빗물이 스미지 않는다. 간이 부엌 양은솥에 어린 나는 불을 지피고 할머니는 애호박을 넣은 구수한 된장찌개나 칼국수를 만드셨다. 우리 집은 동향이라 사철 떠오르는 아침 해와 만났다.

여름철 불볕에 달궈진 방은 푹푹 찌는 찜질방이었다. 할머니는 매년 유월이면 나무 살로 만든 방문의 창호지 옷을 벗기고 모기장 반바지로 갈아입혔다.

뒤뜰 댓바람이 모기장 반바지 사이로 기분 좋게 들어왔다. 너른 마당에는 쑥대 태우는 향기로 가득했다. 뒤뜰 장독대에는 고추장, 된장, 간장, 막장, 황석어젓, 새우젓, 소금 항아리가 자리하고 작은 꽃밭에는 분꽃과 족두리 꽃, 봉숭아꽃, 과꽃, 보라색 붓꽃이 장독대를 지키고 있었다.

늦가을 그늘진 명당에 댓잎 동치미가 등장했다. 댓잎과 생강 잎, 초록색 왕관을 쓴 무와 쪽파와 마늘, 생강이 한 팀이 되어 항아리 안에서 유영했다.

군고구마와 찰떡궁합인 댓잎 동치미는 겨울철 우리 집 대표 간식이 되었다. 어릴 적 나는 매일 저녁이면 할머니 방 아궁이에 군불을 지피고 고구마는 아궁이에 들어가 짚불에 몸을 익혔다. 달콤한 군고구마와 사이다 맛보다 톡 쏘며 알싸한 맛이 나는 댓잎 동치미는 잊지 못할 고향의 맛이다.

댓잎 동치미와 군고구마의 사랑이 호롱불 아래에서 깊어 갔다. 강산이 다섯 번이나 바뀌었어도 댓잎 동치미와 군고구마는 천생연분이라 영원불변의 사랑이다.

시골 우리 집은 안채와 건너 채에 대나무 숲이 있었다. 건너 채는 엄마와 아버지가 기거하는 방이고 방 앞에 툇마루가 있었다. 건너 채에서 막내 여동생이 태어났다. 방 옆에 창고가 있고 외양간에 암소도 있었다. 아버지는 건너 채를 허물고 뒤편 대나무 숲을 헐고 돈사를 손수 지으셨다. 1968년 장려쌀 빚을 얻어 양돈 사업하셨으나 3년 내리 극심한 가뭄으로 흉년이 들고 사료의 값은 천정부지로 오르고 새끼 돼지는 폭락했다. 논농사와 밭농사를 지어도 천정부지로 오른 돼지 사료를 당해 낼 재간이 없었다. 원금 상환은 고사하고 이자의 늪을 빠져나오지 못했다.

아버지는 고향 산천과 대나무 숲을 내려놓고 제2의 인생을 인천에서 시작하셨다. 나는 대나무 숲으로 돌아갈 날을 꿈꾸며 세월을 보냈다.

기억의 저편 그리운 고향의 대나무 숲을 화성으로 옮기기 위해 3년을 기다렸더니 귀여운 어린 죽순들이 태어났다. '휘~이~' 댓바람이 불어온다.

4부

예지몽

이십 대 중반 꿈을 꾸었는데 어느 회사 매점에 갔다. 구두와 의류도 팔고 매장이 무척 컸다. 일주일쯤 지나고 서울의 식품 회사에 입사하니 꿈에 본 매점과 똑같았다.

두어 달이 지났다. 면회를 왔다는 방송을 듣고 정문에 나가 보니 인천의 친한 친구가 날 만나러 와서 반가웠다.

고향이 충남 당진이며 자취하는 친구로 심성이 착했다. 친구와 중국집에서 얼큰한 짬뽕을 먹으며 대화를 나눴다.

저쪽 테이블에 나이가 들어 보이는 아저씨와 내 눈이 여러 번 마주쳤다. 날 보고 빙그레 웃어서 신경이 쓰였다.

"저쪽 테이블에 앉은 아저씨가 왜 날 보고 자꾸 웃지?"

친구는 내 말을 듣고 그쪽 테이블을 힐긋 돌아보고 웃으며 말했다.

"네가 좋은가 보지. 너한테 관심이 있어 보나 본데?"

"말도 안 돼, 애가 있어도 둘은 있겠다. 놀리지 마."

식사를 마치고 계산하고 나가려는데, 맞은편 탁자에 앉은 아저씨가 계산대로 나오며 내게 말을 걸었다.

"아가씨, 여기 회사에 다니세요? 나도 여기 S 식품에 입사 하려고 왔는데…."

곱슬머리에 마르고 눈은 안으로 꺼져 있고 코만 오뚝했는데 우리 회사에 대해 의문점을 질문해서 아는 대로 답해줬다.

어느 날 식사 후에 보온 물통의 물을 마시고 있는데 얼굴이 본 듯한 남자가 반가운 목소리로 말을 걸었다.

"안녕하세요? 지난번 중국집에서 뵈었죠, 입사했어요. 아는 사람이 이숙한 씨밖에 없네요. 커피나 한잔해요."

언제부터인가 나를 훔쳐보는 눈빛이 느껴졌다. 식사하려고 줄을 섰을 때, 무심코 고개를 돌리면 나를 바라보는 눈빛. 잇 고 지내다가 식사 시간이면 뜨거운 시선이 느껴졌는데 중국 집에서 만났던 그 아저씨였다. 그 무렵 난 인천에서 서울 회 사까지 출퇴근이 어려워 기숙사에 있었다. 구내식당은 기숙 사와 십여 분 거리인데 내가 지나는 길목에 앉아 담배를 피우 며 반색하며 말하길.

"이숙한 씨, 혹시나 오시지 않을까 해서 기다렸습니다."

식사하고 1층 계단으로 내려오는데 중국집에 만났던 그 아저씨가 계단을 올라오다 날 막아서며 하는 말이.

"이숙한 씨, 지난번 나랑 커피 마시기로 약속해 놓고 왜, 나오지 않으셨어요? 약속을 어기셨으니, 그 벌로 내가 식사하고 나올 때까지 잔디밭에서 기다리고 계세요."

난 가타부타 대꾸하지 못하고 붉은 장미가 흐드러지게 핀 잔디밭에서 앉아 기다리는데 남자가 나타났다. 남자는 내 안에 숨은 모성애를 흔드는 언어들을 쏟아냈고 나도 모르게 빠져들었다. 그리고 기숙사 외에 내가 다니는 학원이나 교회까지 날 만나러 나타났다. 한동안 마주치던 눈빛이 보이지 않았지만 까맣게 잊었다. 식사를 마치고 나왔는데 그 남자가 문 앞에 서 있었다. 연두색 줄무늬 남방 왼쪽 소매 단이 툭 터져 있었다. 모른 척하려다 알려 주었더니 바늘을 빌려 달라고 했다. 화장실에서 옷을 꿰매 입고 나와 바늘 쌈지를 되돌려 주며 작은 성냥갑에 바뀐 직장 전화번호를 적어 주고 갔다.

목요일이라 성가 연습이 있는 날인데 마음이 착잡하여 불참하고 성냥갑에 적힌 연락처로 전화를 걸어 「십계」 영화가 보고 싶다고 했다. 약속 장소에서 한 시간을 기다려도 남자가 오지 않았다. 내가 막 일어서는데 그 남자가 헐레벌떡 뛰어왔다. 내가 밤 기차를 타고 동해에 가고 싶다고 말했더니, 오늘은 늦었으니 나중에 가자고 하며 가까운 인천 월미도에 가자고 하여 우린 고속버스를 타고 월미도로 갔다.

밤바다를 감상하며 한 시간 넘게 걸으니 하인천역이다.

인천 우리 집으로 가는 마지막 버스가 정류장에 도착했다. 내가 작별 인사를 하고 버스에 한 발을 올리니 붙잡으며.

"이숙한 씨 나만 여기에 버려두고 혼자 갈 거예요? 나랑 같이 남아 주세요, 제발 가지 마세요!"

82년 3월 말일인데 자정에 통행금지가 있던 때였다. 수중에 돈이 있으니 통행금지가 풀리면 첫 전철을 타고 회사에 출근하면 된다고 생각했는데 착각이었다. 그 사람과 밤을 보내고 내 인생 설계 도면이 바뀌었다. 결혼 5년 차 치킨 가게를 할 때 예지몽을 꾸었다. 맑고 긴 강이 끝없이 이어지는 동네로 이사하는 꿈이었다. 예지몽대로 화성시와 평택시 경계를 가르는 남양호, 길고 긴 강이 흐르는 시골집으로 이사하고 우리 아기는 붕붕 자동차를 타고 마당에서 신나게 뛰어놀았다.

또 하나의 계절, 화성

1.

1987년 6월, 20개월 된 첫아이를 데리고 복잡한 서울을 떠나 공기 좋은 경기도 화성으로 이사했다. 남편은 길도 익힐 겸 식당이나 구내식당에 필요한 소모품이나 튀각을 공급했다. 운전이 서투니 힘이 드는지라 시장 모퉁이에 주저앉아 쉬고 있는데 김치를 가득 실은 탑차를 만났다.

탑차 기사에게 김치 시장 수효에 대해 듣고 마음을 정했다. 우린 마당에 공장을 짓고 김치 제조업을 했다. 우린 그렇게 1987년 10월 김치와 인연이 시작되었다. 남편은 견본용 김치를 들고 G 산업 본사, 오산의 G 산전, 안양과 용인 근교 단체 급식소 문을 두드렸고 담당자에게 견본용 김치를 전달하기에 바빴다.

오산의 Y 약품에서 배추김치 두 관(8kg)을 첫 주문 받고 기쁨의 눈물을 흘렸다. 아쉽게도 1회성 주문이었다. 1987년 기업체 구내식당에 김장 김치 주문을 받아 냈다. 우린 초두 자금이 없어서 김장 대금의 80%를 선금으로 받고 나머지 금액은 계약이 끝나는 시점에 결제 받기로 체결하고 김장 김치를 만들어 거래처에 공급했다.

1988년 7월 오산과 안양의 G 산전 급식용 김치 공급이 체결되었다. 우린 가정식 김치로 승부를 걸었다. 국내 굴지의 그룹 회사 식탁에 우리 김치가 올라가니 하늘을 나는 새를 잡은 것처럼 기뻤다. 무더위가 정점을 찍는 여름 한가운데 뜨거운 국 대신에 시원한 사골 열무 물김치를 제조하여 오백여 킬로가 출고될 때의 기쁨은 말로 형언할 수 없었다. 큰 고무통 안에 비닐 포장된 물김치를 담고 뚜껑을 덮어 그 위에 이단으로 고무통에 담긴 물김치를 올렸다. 작은 픽업에 많은 양의 물김치를 실어 급식소로 배송했다.

8월이 되고 채소 가격이 두 배 이상 폭등했다. 우리가 계약된 가격은 일 년 평균 단가라서 손익 분기점에서 마이너스 이하로 떨어졌다. 한 달만 버티면 손해를 만회할 수 있다고 생각했으나 계산 착오였다. 9월 하순이 되자 배추 가격이 안정되었지만 얄궂은 운명이 기다렸다. 10월 어느 날, 김치 제조 현장에 군청 위생계 담당 공무원과 모르는 사람이 카메라를 들고 들이닥쳤다.

우린 무허가 김치 제조 현행범이 되었다. 김치 제조 신고증이 진행 중이었다. 관련 부서에서 우리가 제출한 서류를 서로 미루며 탁구공처럼 이리저리 보내며 시간을 끌었고 결과물이 나오지 않았다. 그로 인해 대기업의 김치 납품이 단번에 종료되었다. 외상 매입금만 유산처럼 오롯이 남았다. 이른 저녁이면 어김없이 전화벨이 울렸다.

우리 공장에 배추와 무, 기타 채소를 공급하던 채소 가게 사장님의 전화였다. 혀가 말려 들어가는 말투로 반 시간 넘게 같은 말을 녹음기를 틀어 놓은 것처럼 반복 재생되었다.

"인자한 사모님을 믿고 이 밭 저 밭 다니며 발이 빠지고 고생하여 채소를 공급했는데 이럴 수 있어요, 밭 주인에게 채소 대금을 줘야 하니 얼른 결제해 주세요?"

대금 결제를 독촉하다, 날 원망하다 30분 동안 되풀이했다. 1982년 11월 결혼 후, 부천에서 치킨 가게를 할 때 불규칙한 식사로 인한 위경련으로 여러 번 응급실에 갔다. 잊었던 위경련이 찾아왔고 밤이면 날 못살게 괴롭혔다. 우린 두세 달 동안 절약하여 외상 매입금을 해결하였고 취중 진담을 듣지 않으니 위경련과 위염이 줄행랑을 쳤다.

2.

한 가지 걱정거리가 생겼다. 70만 원 주고 산 중고 픽업이 오산에서 용인 가는 길 한복판에서 옴짝달싹하지 않았다.

중식에 먹을 김치라 시간이 촉박하여 택시로 배송했다. 매일 그랬다.

납품처의 배려로 장안평 자동차 중고 시장에서 중고 탑차를 할부로 살 수 있도록 선 결제해 주셨다. 중고차 취득세를 내느라 자금이 고갈되었고 고춧가루 대금이 한두 달 밀리자 고추 방앗간 사장님이 요술을 부렸다. 고추 방아를 찧을 때 고추씨를 빼지 않고 같이 빻았다. 그 결과 고춧가루 매입원가는 상승하고 고추씨 때문에 김치 맛이 텁텁하고 색깔은 물론 맛이 떨어져 거래처에서 항의 전화가 빗발쳤다. 가정식 김치 명예가 실추되었다. 매입처를 새로 개발했다. 젊고 건실한 부부가 운영하는 고추 방앗간으로 양심적이며 고추씨 혼입을 최대한 제한하다 보니 색깔은 물론 김치 맛이 상승하였다.

고춧가루를 덜 넣어도 김치 색깔이 고와서 원가 절감은 물론 실추된 명예까지 되찾았다. 내 성격이 남을 헐뜯는 성격이 아닌데 살면서 만난 인연 중에 유일하게 좋지 않은 기억으로 남은 사람이다. 그게 문제가 아니었다. 고춧가루 주문이 뜸해지자 눈치를 채고 이른 아침 우리 공장에 찾아왔다. 결제 일이 20여 일 남았는데 외상값을 당장 내놓지 않으면 비켜줄 수 없다며 탑차의 진로를 차단했다.

탑차 할부금 낼 돈을 찾아 결제하자 막혔던 길이 뚫렸다. 그런 연유로 탑차 할부가 석 달 이상 밀렸고 캐피탈 본사로 찾아가 차량 할부금 납부를 20여 일 늦춰 달라 사정했다. 하지만 우리는 C급 고객으로 분류되어 정해진 날짜까지 차량 대금을 조기 상환하지 않으면 재산 압류는 물론 탑차도 가져간다고 했다. 혹 떼러 갔다가 혹을 붙이고 온 셈이다. 탑차가 없으면 김치 배달도 할 수 없어 고민에 빠져 있는데 매출처 구내식당 근무하는 노부부께서 사정을 딱하게 여기고 이백만 원을 빌려주셔서 차량 대금을 갚을 수 있었다.

고마우신 노부부께 두 달 동안 이자만 상환했는데 남편분이 황달에 걸려 병원에 입원하셨다. 천만다행하게 매출이 신장되어 오십일 만에 원금을 상환할 수 있었다. 구내식당에서 비지땀 흘리며 힘들게 번 귀한 돈을. 공장 위치나 집도 모르고 얼굴만 아는 우리에게 돈을 빌려주신 그분들 은혜를 결코 잊지 못한다. 원금 상환을 마친 3개월 후, 남편분이 하늘나라로 가셨다. 생전에 근사한 중식당에 모시고 가서 대접을 해드렸지만 두고두고 은혜를 갚으려고 했는데 안타깝고 애석했다.

3.

1991년 12월. 영업 개시 4년 만에 적금 천만 원을 탔다.

65평 부지 30평 신축, 기다리던 김치 제조 신고증을 손에 쥐었다. 신고증이 나오기까지 4년 동안 사연이 많았다.

양심적으로 김치를 제조해도 무허가 김치 제조 업체 주홍 글씨를 가슴에 달고 살았다. 군청 위생계에 출두하여 수시로 자인서를 썼고 모 계장님은 협박과 회유를 했다.

"용인에 있는 식품 공장을 소개해 줄 테니 제발 관내에서 거치적거리지 말고 부탁이니 그쪽으로 이사 가세요?"라고 사정했다. 우린 김치 배송이 끝나고 네 살배기 첫아이를 데리고 위생계에 출두하였다. 남편이 아이에게,

"엄마 아빠는 죄를 지은 건 아니고 식품 허가를 내고 싶어도 군청에서 내주지 않아서 못했어."

김치 제조 신고증이 나오고 3년 후, 새로운 터전에 공장을 신축하고 ** 건축 설계 사무소에서 건축 설계를 해주고 공장 건물 준공이 떨어졌다. 지역 분들을 초대하여 작은아들 첫돌 잔치 겸 조촐하게 개업식을 했다. 내빈으로 참석한 건축 설계 사무소 소장님이 무릎을 꿇고 하시는 말씀이.

"내가 두 분께 죽을죄를 지었어요. 군청 윗선의 압력으로 식품 제조 허가를 내주고 싶어도 내줄 수 없었어요. 용서해 주세요. 내가 도움을 드리지 못해 괴로웠어요."

라고 용서를 빌었다. 고백을 들으니 마음에 누르고 있던 무거운 돌이 떨어져 나간 거 같았다. 지역 분들의 소개로 해태전자에 김치를 납품하면서 불황의 늪에서 벗어날 수 있었다. 참으로 고마운 거래처다.

담당 공무원이 우리가 무허가 제조 업체라고 김치 제조 신고증이 있는 다른 회사를 소개해 주었다. 해태전자 담당 과장

님이 말했다.

"지역의 농산물을 소비해 주는 착한 업체를 왜 죽입니까, 양성화시켜 주셔야지요. 제조 허가 내는데 도와주십시오."라는 고마운 말씀과 김치 제조 영업 신고증이 나올 때까지 우리 무허가 김치를 받아주신 잊지 못할 고마운 분이다.

1988년 서울 반포 뉴코아백화점 식품 매장에 우리 김치가 입점 되고 입소문이 나면서 매출처가 우후죽순 늘어났다.

김치와 인연이 28년 계속되었고 롯데리아 김치버거에 들어가는 샐러드 김치와 액상 김치와 김치 사발면이나 볶음 김치 등에 들어가는 산업재 김치와 액상 동치미 등. 이숙한 김치가 우리나라 산업재 김치 개발에 한 획을 그었다고 나름 자부한다.

김치와 인연은 큰아들을 통해 4년 더 연장되었다. 쌓은 재산은 없으나 우린 주어진 환경을 탓하지 않고 성실하게 살았다고 자부한다. 김치와의 귀한 인연에 다시 한번 깊은 감사를 드린다.

다르다는 것

처음 사랑할 때 상대방이 나와 다른 것에 반해 마음이 끌렸다. 사랑하는 사람과 다른 환경이 소설처럼 느껴졌다.

사랑하는 사람과 같은 공간에 있는 것이 귀한 행복이었다.

나와 식성이 다르므로 자주 언성을 높였다. 나와 입맛이 다름을 인정하면 되는데 내 입맛이 기준이라도 되는 것처럼 따져 물었다.

다름을 인정해 주는 것이 상대를 존중해 주는 일이다. 상대방 입맛을 내게 맞춘다는 것은 어리석은 발상이다.

십육 년 전, 진천 백곡저수지 편도 일 차선 길을 갈 때 앞차가 2~3km 거리를 30킬로로 서행했다. 참다못한 내 뒷차가 내 차와 앞차를 앞지르기했다. 나도 앞지르기하려다 맞은편

에 차가 와서 직진했다. 천천히 가던 앞차가 급정지했고 내가
앞차를 들이받았다. 그 사고로 요통이 심해 병원에 입원했다.
병실 침대에 누워 있으니, 입원 전 집에서 키우던 참외가 얼
마나 자랐는지 몹시 궁금했다.

주말에 담당 선생님의 외출을 허락받아 잠시 집에 들렀다.
노랗게 익은 참외를 보고 흥분했다. 정신없이 참외를 따서 바
구니에 담아 집 안으로 가져가서 자랑했다. 행복에 젖은 내게
찬물을 끼얹듯 남편이 말했다.
"주부가 병원에 여러 날 있었으면 식구들이 뭘 먹고 사는지
걱정되지 않았어, 그깟 참외가 뭐가 중요하다고?"
그 말이 맞는 말이다. 그 무렵 나는 병원 처방 약이 독해 위
염이 위궤양으로 발전하였고 지독한 통증으로 밤잠을 이루지
못해 수면제에 의지하여 잠을 자고 있을 때였다. 집에 있는
가족들은 나의 그런 사연을 전혀 알지 못한다. 남편은 나 없
이 사업체를 꾸려 가느라 고생하고 있었지만 그런 것들이 보
이지 않고 내 눈에는 참외만 보였다.
교통사고 후유증으로 우울증에 시달렸고 집이 싫었다. 상대
방을 인정하지 않으면서 인정을 받으려고 했다. 관절염으로
다리가 아파 절절매면서 화단에 쪼그리고 앉아 잡초를 뽑고
헐렁한 장화를 신고 남자처럼 사다리를 밟고 올라가서 나무
를 전지하는 등 흔하지 않은 그림이었다. 마음이 허할 때마다

글로 풀어냈고 내 세계에 빠져들었다.

일상을 기록하며 글을 쓰다 보면 위로가 되었다.

남편은 자존심이 강해 매출처 대표님 대신 우리와 함께 상담 테이블에 앉으신 상무님의 말을 인정하지 않았다. 상무님 역시 상품을 기준으로 원가를 산출한 우리 말을 인정해 주지 않았다. 나 혼자 상담 테이블에 앉았다면 말로 인해 문제가 생기지 않았을 터인데, 남편은 우리가 '을'의 입장이란 것을 잊고 '갑'의 입장인 상무님에게 거친 언어와 행동을 쏟아냈다. 이해가 가는 일이지만 어리석은 행동이었다. 그동안 쌓아 온 신용과 믿음이 땅에 떨어졌다. 매입처인 우리가 일원화 창구였던데 가격이 내린 시점에 이원화가 되었고 매출이 급감하여 사업체를 끌어가는 일이 버거웠다.

앞길이 막막하고 화가 나서 남편 혼자 사업체를 끌어가라고 친정으로 가 버렸다.

상대방이 나와 다름을 인정하기 싫어 홀로서기를 했지만 녹록지 않았다. 내가 하는 일이 컴퓨터로 일지나 쓰고 주로 매입 매출처를 관리하던 업무였다. 그런 내가 기사 식당 주방에서 열두 시간을 서서 일했다. 무릎과 다리가 구부러지거나 펴지지 않았다.

"상대방을 인정해 주도록 노력하는 것이 인생이다."

홀리다

1.

마음 둘 곳을 잃을 때 내게는 여행이 보약이 되었다. 아무도
모르는 장소에 둘이 있으면 마음이 더 가까워진다. 결혼 초
가게를 운영할 때도 함박눈이 내리면 가게 문을 닫고 설악산
으로 눈꽃을 만나러 갔다. 그 후에도 툭하면 가게 문을 닫고
여행을 자주 다녔다.

늦둥이 작은아들을 나라의 부름으로 논산훈련소에 보내니
대견했다. 하지만 마음 한구석이 뻥 뚫린 것처럼 너무 허전했
다. 우리는 또 수원에서 강릉행 버스를 타고 길을 떠났다.

두 시간 후 강릉터미널에 도착했다. 남편은 지독하게 동해
를 사랑했고 보고 싶어 늘 가슴앓이했다. 강릉에서 한 시간

달려 삼척에 도착하니 오후 6시였다.

삼척에서 21번 시내버스를 타고 상맹방 해변에서 내렸다. 해변으로 가는 들길에는 늦게 만개한 유채꽃이 하늘거리고 씨앗을 품은 요람 주머니는 해풍에 이리저리 흔들렸다.

바람은 높은 산을 넘어가더니 큰바람을 몰고 왔다. 몇몇 되지 않은 민박집과 펜션을 뒤로하고 모레 바람이 길동무가 되었다. 저돌적인 파도는 포효하는 몸짓으로 해변을 애무하며 감싸 안았다.

태양이 서편 바다를 건너고 외로운 등불을 켠 어둠이 뚜벅이 걸음으로 다가왔지만 우린 정처 없이 걸었다. 남편은 강릉에서 출발하기 전 내 아픈 발목과 무릎에 파스를 다닥다닥 붙여 주었다. 파도는 야생마처럼 거칠다. 끝없이 펼쳐진 해변을 저 멀리 보이는 불빛에 홀려 정처 없이 걸었다.

어둠이 맹방 해변을 통째로 삼켰다. 하나 건너 켜진 가로등이 귀가한 칠흑 같은 밤이다. 저만치 여우의 불빛이 우리에게어서 오라고 손짓한다.

70년 전 친정아버지는 마을 사랑방에서 밤늦게까지 새끼를 꼬다가 사랑방을 나와 집으로 가는데 환한 불빛에 홀려 불빛을 따라 밤새도록 걷고 걸으셨다고 한다. 새벽에 정신을 차리니 처음 출발한 그 자리였다 하셨다.

깊은 산중이라 산짐승이 울부짖었다. 새댁인 엄마는 아버지가 돌아오지 않았어도 너무 무서워서 방문을 열고 아버지 마중을 나가지 못하셨다고 했다. 밤새 여우에게 홀려 같은 길을 반복하여 걸은 아버지처럼 우리도 불빛에 홀려 가고 여전히 걷고 있다.

그런데 앞서 걷던 남편이 길이 없어졌다고 소리쳤다. 때마침 자동차 불빛이 앞을 환하게 비추었는데 허연 길은 바다와 만나는 큰 하천이었다. 우린 하천을 가로지른 큰 다리까지 아픈 발목을 끌고 걸어가서 다리 난간에 기대 쉬었다.

다리 초입 안내판에 <항구 횟집. 펜션식 민박> 간판과 연락처가 있어 반가웠다. 남편은 다리로 우리를 데리러 오라고 전화를 걸었다. 다리에 철퍼덕 주저앉아 차를 기다리는데 감감무소식이었다.

지팡이를 집어 들고 여우의 불빛을 찾아 길을 떠났다. 한참을 걸어 여우 불빛과 만났는데 어이가 없게도 편의점 간판이었다. 편의점에서 쉬는데 민박집 아주머니가 당시 사위 차를 보내 주겠다고 했다. 우린 뜨끈한 사발면에 도시락을 먹고 머리 고기 안주 삼아 소주 한 잔씩 마셨다.

바닷바람은 심술을 부리며 탁자에 놓인 사발면과 머리 고기, 종이 잔을 휩쓸어 갔다. 평상으로 옮겨 술 한잔하고 있는데 민박집에서 승용차를 보냈으나 돌려보냈다. 시간이 지나고 우린 민박집을 향해 걸음을 떼었다. 무수히 많은 민박집과 펜션을 지나쳐 길게 뻗은 신작로를 따라 걷는데, 차가 와서 홀리듯 우리를 데려갔다. 그곳에는 풍차가 있고 횟감을 가두는 어항이 귀신처럼 헤벌쭉하게 입을 벌리고 우리를 노려보았다. 옆집은 분위기 있는 조명이 켜진 펜션이다.

아쉽지만 숙박비 사만 원을 건네고 청년을 따라 3층으로 올라갔다. 90분을 걸은 다리를 달래 주려고 욕실로 갔다. 욕조가 없고 샤워기만 빈 벽에 달랑 걸려있고 더운물도 나오지 않는다. 픽업은 잘해 주더니 고객 서비스는 제로다.

덕산 해변 근처 펜션은 사오만 원이면 더운물도 잘 나오고 밥을 해 먹을 수 있는 방이 넘쳐 난다는데, 멋진 간판에 홀렸으니 딱할 노릇이다. 침대에서 아래로 내려가 따뜻한 방바닥에 등을 기대고 밤바다 노랫소리를 들으며 행복한 단잠에 취했다.

2.

새벽이 우리 방으로 걸어왔다. 커튼을 젖히고 바다 향기를 맡으려고 창문을 열었다. 허여멀건 파도가 날 보더니 반색하며 달려오는데 시야를 가리는 게 있었다. 뿌연 안개에 뒤덮인 길 건너 작은 동산의 나무들 사이로 둥글둥글한 젖무덤이 여러 개 보였다. 한 푼어치 의리 때문에 멀고 공동묘지를 보며 잠을 자다니 어이가 없지만 억지로 잠을 청했다.

새벽 바다가 창문을 두드렸다. 상큼한 바다 향기를 마시기 위해 창문을 활짝 열고 해풍을 통째로 들이켰다. 무명의 화가가 그린 화폭에서 허연 돌비석이 튀어나오는가 싶더니 눈에 보이던 둥근 젖무덤이 공동묘지가 맞았다. 원효 대사가 하룻밤 묵은 곳이 으리으리한 기와집인 줄 알았지만 아침에 깨어나 보니 묘지였다고 한다. 비슷한 기분이었다.

버스가 하루 세 번 다닌다고 해서 부랴부랴 소지품을 챙기고 이불을 개고 길을 나섰다. 덕산 해변과 맹방 해변의 아침 바다 풍경을 담아 오지 못해 아쉽다. 속초 동부터미널에서 30분쯤 걸어 대포항에 도착했다. 바람이 세차게 부는 정겨운 속초의 대포항. 몇 달 전 두 아들과 먹었던 추억의 횟집 앞을 지나며 행여나 추억 한 조각이라도 부서질까 싶어 그냥 지나쳤다. 속초 중앙시장 지하 횟집에서 숭어회와 매운탕을 먹었다.

속초터미널로 가는 택시 뒷좌석에서 스마트폰을 주웠다. 2015년 10월 현재 우리는 폴더 폰을 사용하지만 예쁜 장식이 있는 걸 보니 미지의 공주님 스마트폰 같았다. 버스를 기다리다 스마트폰 벨이 울려서 받았는데 의외로 무뚝뚝한 남자였다. 편의점에 스마트폰을 맡기겠다고 했다.

버스가 도착 전 서른 대여섯쯤 된 밝은 표정의 아리따운 공주가 편의점에 전화기를 묻기에 다가가서 아는체했다. 남편이 군인인 결혼 1년 차 새댁이었다.

큰아들은 고향이 서울이고 서른둘 로맨티시스트이며 여행과 영화관람, 음악 감상이 취미이다. 성실하고 순 수하며 계산적이지 않고 유머 감각이 있다. 밝은 표정의 공주님과 예쁜 사랑을 키우면 좋겠다. 초장엔 여우한테 홀리더니 마지막엔 스마트폰에 홀렸다.

첫 발자국

1983년 7월이었다. 남편의 고향 친구이며 고교 동창생분 여럿이 가게에 방문하였다. 남편은 친구분들을 부천의 번화가로 모시고 가서 술을 사드렸다. 자리를 옮겨 좋은 곳에서 대접하다 보니 돈이 모자라 내가 대신 갚아 줬다.

전에도 가끔 지역 분들과 어울리다 외상술을 마시고 들어오면 다음 날 같이 가서 외상값을 갚아 주었다. 그날 마신 술값은 큰돈이었다. 물건을 받을 돈이기도 했지만 남자가 그럴 수 있다고 항상 긍정적으로 생각했다.

남편이 취중에 하는 말이 '세상에서 친구가 제일이다, 아내 없이는 살아도 친구 없이는 살지 못한다'고 실언을 했다. 시부모님은 남편이 십 대 초반일 때 차례로 돌아가셨다. 친구의 부모님으로부터 "저 아이는 부모가 없으니 놀지 마라."란 말을 자주 들었다고 했다. 어린 마음에 상처가 되었을 것이다. '내가 부모 없이 컸어도 이렇게 잘 살고 있어.'라고 자랑하고 싶은 마음도 이해 가지만 내게 그런 막말은 하지 말았어야 했다.

사실 난 보기 보다 고지식해서 농담도 진담으로 받아들이는 편이다. 취중 진담이라는 말도 있다고 하지만 그 말에 크게 충격을 받은 건 사실이다. 스물다섯 살 어린 새댁이었으니까. 부모님 반대를 무릅 쓰고 선택한 내 남자에게 그런 말을 들으니 하늘이 노랗게 보였다. 나 역시 철부지인지라 그 말을 듣고 밤새 뜬눈으로 밤을 새울 수밖에 없었다.

새벽 6시, 평소 언니처럼 지내는 건물주에게 말을 전했다. 건물주 언니는 말했다.

"아내가 옆에 없어야 귀중함을 알지, 이참에 남편의 술버릇도 고치고 살아야지. 버릇이 되면 어떻게 할 거야?"

라고 말했다. 난 곧바로 큰댁에 들러서 부산에 간다고 말씀을 드렸다. 부모님이 계신 인천 친정집에 가면 걱정을 많이 할 거 같아, 부산의 큰오빠 집으로 기차를 타고 내려갔다. 가게에 남은 돈을 다 챙기고 통장까지 챙겨 갔다.

남편은 술이 덜 깬 상태로 누워 나를 불렀으나 대답이 없었다. 친정에 간다던 말이 꿈결처럼 느껴졌다. 사태를 파악한 남편은 옆집에서 돈을 빌려서 물건도 받고 가게를 열었다. 그날 따라 비가 추적추적 내려 외로웠다. 못난 아내지만 곁에 없으니 외롭고 추웠던 모양이다. 옆 가게에서 빌린 돈을 갚고 부산 큰오빠 집으로 내려와서 내게 다시는 그러지 않겠다고 용서를 구했다.

태종대 바닷가에서 '첫 발자국' 음악을 내게 들려주고 노포동 번화가의 포장마차에서 같이 소주도 마시며 마음속 대화를 나눴다. 나도 어렸고 그 사람은 나보다 여섯 살 위였지만 역시 어렸다. 그 사람이 멀리 떠났다. 그 당시 마음을 아프게 한 것이 후회된다. 큰오빠 말씀처럼 결혼은 이해가 80%, 사랑이 20%라는 말이 맞는 거 같다.

그 사람이 그리우면 '첫 발자국' 음악을 듣는다.

대나무 연대기

　수집한 잔디를 주택 뒤 언덕 방지턱 아래에 심었다. 언덕 위 방지턱이 무너지지 않게 보강해 준 셈이다. 남편은 홍수가 나서 언덕이 무너지면 우리 집이 위험하다며 내가 심은 잔디 위에 보온 덮개를 덮어씌웠다.

　몇 년 후 대파 재배 계약 농가 할머님 대에서 아이들과 비지땀 흘리며 캐온 대나무 뿌리를 언덕에 심기 위해 땅을 파려고 했는데 보온 덮개가 있어서 팔 수 없었다. 보온 덮개를 가위로 자르고 대나무 뿌리를 심었다. 일 년이 지나도 죽순 소식이 없어 허탈했다. 땅속 깊이 박혀 있는 대나무 뿌리를 캐느라 고생한 두 아들에게 공연한 고생만 시킨 거 같아 미안했다. 두 해가 지난 봄날, 베란다 창문을 여니 라일락 향기가 그

억했다. 라일락 향기에 취해 밖으로 뛰어나갔다. 라일락 옆에 탐스럽게 핀 철쭉을 시샘하듯 삐죽 올라온 연초록색 사철나무를 다듬어 주고 언덕 위 사철나무도 전지하는데 돌나물과 민들레가 날 보더니 방긋 웃었다.

돌나물 사이의 잡초를 뽑는데 살그머니 얼굴을 내민 예쁜 죽순과 눈이 마주쳐 반가움에 눈물이 나고 목이 메었다. 대나무 뿌리가 새로운 땅에 적응하느라 모진 몸살을 겪은 줄도 모르고 실망을 한 것이 미안했다. 힘든 과정을 참고 자라준 죽순이 대견스럽고 고마웠다. 죽순이 자라서 대나무가 되고 그 수가 늘어 대나무로 자라서 댓잎을 팔랑거리며 감미로운 합창을 해 주었다. 어릴 적 많이 듣던 음악이다. 추억 속 댓바람 소리가 내 귀에 감미롭게 감긴다.

올해도 어김없이 죽순들이 태어나서 나와 눈 맞춤하였고 댓잎 합창에 감동하여 칭찬하였다. 속마음은 금방이라도 눈물이 쏟아질 거 같았다. 정들자 이별이라고 하더니 정성 들여 키운 대나무와 헤어지려니 마음 한 편이 아리고 서글퍼졌다. 사계절이 세 번 바뀌었다. 내 작은 대나무 숲의 주인이 바뀌었기 때문에 사랑하는 대나무들을 먼발치에서 바라본다. 어디든 대나무 숲이 있는 곳은 그리운 내 고향이다.

대나무 숲이 그리워 2020년 크리스마스 연휴에 사랑하는 두 아들과 함께 담양의 죽녹원에 갔다. 대나무 숲 아래 오솔길에 맨살을 드러낸 대나무 뿌리가 오들오들 떨고 있었다. 누가 볼세라, 눈치를 살피다가 대나무 뿌리를 살살 흔드니 내 품으로 안겼다. 나주 생태 숲 호수 근처 맨살을 드러낸 대나무가 있었다. 그곳의 조릿대 대나무 뿌리도 두어 개 화성으로 데려왔다. 죽녹원과 나주 생태 숲에서 데려온 대나무 뿌리를 대부 받은 밭 가장자리에 심어 주었다. 아이러니하게도 대나무를 심은 밭이 소나무 그늘에 갇혀 농사가 되지 않아서 임대료가 부담스러워 손을 뗄 수밖에 없었다.

대나무를 옮겨올 봄을 막연히 기다린다. 언제쯤 꿈이 완성될까. 어쩌면 이뤄지지 않을지 모른다. 댓잎들이 손을 흔들고 이름 모를 새들이 즐거운 노래를 불러 주며 고향 이야기를 귓속말로 들려준다. 댓바람은 천방지축 소녀를 추억의 수첩에서 소환해 주었고 동생들과 도란도란 소꿉장난하며 나누던 밀담이 들린다.

바닷물 한 모금

KTX 고속 열차가 서울역을 출발하여 청량리역에 도착하자 헐렁한 빈자리들이 채워졌다. 기차는 서울을 벗어나더니 빠른 속도로 곧게 뻗은 철길 위를 미끄러지듯 달려갔다.

헝가리 부다페스트 다뉴브강, 유람선 침몰 사건의 비보를 접한 지 얼마 되지 않아 여행을 떠나는 마음이 편치 않았다. 그 사람은 2호 차 경로석에 앉아 가고 조건부 수급자인 난 4호 차에 앉았다. 우린 동행이지만 미래에 대한 불길한 운명처럼 서로 다른 자리에 앉았다. 승하차 손님이 통로를 분주히 오갔고 내 옆자리 주인이 도착하자 열차가 출발했다.

서쪽 하늘을 붉게 수놓던 해 그림자가 산등성을 넘어갔다. 소나무 숲이 손을 흔들고 열차는 두더지처럼 어둠 속을 헤집고 다녔다. 고층 아파트 회색 창문들이 웅얼거렸다. 초록빛 산야와 연초록 물결이 여울지는 들녘에 밤이 왔다. 기차는 어둠에 빠져들더니 이내 어둠 속을 걸어 나왔다.

어린 시절 땅거미 지는 어스름 저녁이 오고 달이 떠오르면 들에 나간 부모님이 귀가하고 우리 집 굴뚝에서 저녁밥 짓는 연기가 하늘로 올라갔다. 초롱 안에 잠든 등잔이 깨어나 심지를 돋우고 불을 켰다. 새들이 대나무 숲에서 잠에 취할 즈음 약삭빠른 족제비들의 야간 사냥이 시작되었다.

열 살배기 소녀인 나는 학교에서 돌아오기가 무섭게 토끼 세 마리의 입맛에 맞는 쓴풀을 뜯어다 먹였다. 오동통한 토끼는 족제비의 사냥감이고 목표물이었다. 토끼장 문을 꼭꼭 걸어 잠그고 잤는데, 아침에 일어나서 토끼들 아침밥을 주러 갔더니 토끼장 문이 활짝 열려 있고 재색 토끼 한 마리가 행방불명이 되었다.

그날 저녁 또 한 마리 하얀 토끼가 사라지고 다음 날 산토끼를 닮은 남은 한 마리마저 영원히 사라졌다. 토끼를 잡아간 범인 족제비에게 벌을 주기 위해 대나무 숲 수양버들 아래 장대를 들고 보초를 섰다. 수양 버드나무 위를 오르락내리락 호들갑을 떨던 밤색 족제비의 그림자도 보이지 않았다. 족제비에게 복수하기를 포기하고 방으로 들어왔다. 하늘에서 떨어진 건지 땅에서 솟은 건지 기다란 몸뚱이에 짤막한 다리, 밤색 족제비가 수양 버드나무 가지를 오르락내리락 분주했다. 잽싸게 뒷문을 열고 족제비를 쫓아갔으나 감쪽같이 사라졌다. 다음 날은 옆집 닭들이 하나둘 사라졌다. 재테크로 토끼를 키워 숫자를 불려 학비를 마련하려고 했는데 족제비의 방해로 꿈을 이루지 못했다.

어스름 저녁, 샛별들이 모여들고 연두색 어린 모들이 봄바람에 한들거리는 모습을 보았다. 봄이 깊어가고 있었다. 개구리들의 애절한 사모곡으로 시끌벅적한 논에 혜성처럼 나타난 동화의 나라 예쁜 공주가 창문을 열고 바라보았다. 어린 시절의 소중한 추억들이 행복의 나래를 펼쳤다.

출발 후 두 시간여 만에 강릉역에 도착했다. 강릉역 앞에서 202-1번 버스를 타고 경포대로 갔다. 그 사람과 나는 밤바다를 감상하고 경포에서 사천으로 가는 솔향기 그윽한 오솔길을 걸었다. 얼마 걷지 않았는데 발목이 아프다고 내게 시위했다. 택시를 타고 강릉솔향온천 찜질방에 가서 확 트인 넓은 장소에서 잠을 청했다. 그 사람은 깊은 숙면에 취해 있었다. 나는 옆자리의 코골이 여행객 때문에 잠을 이룰 수 없었다. 밤새 뒤척거렸다. 황토방과 백토방, 불가마방, 숯방을 오가며 겹겹이 쌓인 피로를 풀어냈다. 아침은 편의점에서 해결하고 리조트 근처 숲길을 걸었다.

경포대에서 사천 커피 거리까지 이어지는 솔향기 오솔길

코끝에 감기는 소나무 향기에 취해 머릿속이 맑아졌다. 새들의 노래는 시가 되어 소나무 가지에 열리고 향기로 장식한 시어들이 아름다운 꽃을 피웠다. 바람은 땅 위의 뒹구는 솔방울을 축구공처럼 몰고 다녔다. 우리는 솔바람과 해풍이 이끄는 대로 끌려다녔다. 소나무는 해묵은 솔방울과 누런 솔잎을 쏟아냈다. 소나무 가지에 올라앉은 바람이 우수수 쏟아졌다.

솔방울에서 발아한 어린 소나무가 달궈진 모래 사이에 고개를 내밀고 있는데 귀엽고 사랑스러웠다. 택시를 타고 강릉역에 가서 다음날 출발한 기차표를 샀다. 솔방울에서 발아한 어린 소나무가 달궈진 모래 사이에 고개를 내밀고 있는데 귀엽고 사랑스러웠다. 택시를 타고 강릉역에 가서 다음날 출발한 기차표를 샀다. 내려가는 길은 옆 좌석이었다. 버스를 타고 주문진항으로 갔다. 바닷가 바위에 걸터앉아 커피를 마시며 담소를 나누고 쪽빛 바닷물에 발을 담그니 쪽빛 바다와 하나가 되었다. 바닷물 한 모금을 입에 물어 보니 소름 끼치게 짰다.

인생의 짠맛을 다시 생각했다.

에피소드

K 자동차에서 우리 회사와 거래하기 위해 급식 담당자들이 우리 회사에 위생 실사를 나왔다. 제품과 위생은 합격하였으나 공장 규모가 작다고 해서 거래가 성사되지 않았고 보류되었다. K 자동차와 거래할 조건을 맞추기 위해 토지를 매입했다. 253평 중 50평이 대학을 나오신 동네 어르신 소유였다. 어르신은 채소 가격이 폭락했을 때 우리 회사에서 비싼 가격에 지역 농산물을 팔아줘 고맙게 생각했다며 어르신 댁으로 우리를 부르셨다. 어르신은 우리를 보자마자 '오케이' 하셨고 조상 대대로 물려받은 귀한 땅을 헐값에 내주셨다.

진입로가 절의 소유였는데 주지 스님은 기독교인인 우리에게 절의 사도 사용을 흔쾌히 승낙해 주셨다.

잊지 못할 에피소드를 소개한다. 면사무소 산업 계장님이 공장으로 지을 토지를 매입하면 정책 자금을 받게 해준다고 호언장담하셨다. 공장 규모를 늘려 주겠다는 산업 계장님을 믿고 공장을 신축하고 이전하는 일을 추진했다.

땅 매입비 중 오백만 원은 친정아버지께서 돌려주셨다. 물론 나중에 갚았지만. 토지 매입은 급속으로 완결되었다. 건축업자를 선정하니 우리에게 공사비 계약금을 요구했다. 면사무소 산업 계장님을 찾아가 상담을 받았다. 산업 계장님 말씀이 정부에서 정책 자금이 배정되면 은행으로 자금이 내려오고 공장 건물과 토지를 담보로 은행에서 대출해 주는 거라고 설명해 주셨다. 사전에 우리에게 말해 주면 공장 이전 추진을 하지 않을 거 같아 말해 주지 못했다며 미안하다고 사과했다.

계약금 때문에 막막했다. 우리가 평소에 인사를 드려도 반응이 없는 무뚝뚝한 옆집 어르신이 계셨는데 감사하게도 셋째 아드님이 맡긴 약속 어음을 우리에게 선뜻 내주시며 건축비 계약금으로 유용하게 사용하라고 하셨다.

어음을 계약금으로 주고 건축이 일사천리로 진행되었다. 부지 253평, 공장 건물 70평과 사무실 겸 사택 건물 20평. 두 동을 신축하였고 신축 건물 완공이 95% 진행되었을 때 오전에 전화벨이 호들갑을 떨며 울렸다. 자금이 배정된 소식인가 쫓아가서 받았는데 건축 업자의 다급한 전화였다.

"계약금으로 받은 약속 어음이 부도 처리가 되어 어음 할인이 되지 않아 자금난으로 이만저만 걱정이 아닙니다."

전화를 끊자마자 건축 업자를 찾아갔다. 담담한 표정으로.

"어차피 그렇게 된 거 어떻게 해요? 할 수 없지."

건축 업자는 씁쓸한 미소를 지으며 부도난 어음을 우리에게 돌려주었다. 어음이 부도났다는 소식을 듣고 속이 숯검정처럼 까맣게 타들어 갔다. '건축 업자가 자금에 압박을 느껴 자질구레한 마무리 공사를 해주지 않으면 어쩌나?' 하는 꼬리를 문 걱정으로 입술이 부르트고 혓바늘이 돋아 밥을 넘길 수 없었다. 천신만고 끝에 공장 건물과 내부 공사가 완성되고 법에 저촉된 부분이 없어 감리와 준공 검사도 합격하고 건축물대장에 등재되었다. 이삼일 후, 자금이 배정된 반가운 소식을 전해 듣고 면사무소로 달려가서 고생하신 산업 계장님께 인사드리고 방금 나온 따끈따끈한 건축물대장을 들고 은행으로 갔다. 공장 건물과 토지를 담보로 대출 계약서에 날인 서명하고 정책 자금을 통장으로 건네받고 건축 업자에게 고맙단 말을 건네고 공사비를 일 순위로 지급했다.

4개월 후 기계 설비 자금도 정부에서 배정받았다. 우린 그렇게 차입 경영이지만 희망의 바다에 뛰어들었다. 금융권 이자는 휴일이나 국경일도 없는 것을 알지 못했다.

공장 건물 완공 기념으로 개업식을 했는데 하객으로 온 건축 설계 사무소 소장님 말씀이 맛으로 승부를 건 우리 회사가 두려운 상대방 업체에서 윗선에 압력을 넣어서 우리에게 식품 제조 허가를 내주고 싶었지만 내줄 수 없어 너무 괴로웠다며 용서를 빌었다. 늦게 허가를 내줘서 미안하다며 다시 한번 정중하게 사과했다. 회사 규모가 커지자 매출이 4배 이상 신장되었다. 남편은 해태유통에 입점하여 매장을 순회하며 판매 사원들 지도하느라 바빴는데 얼굴에서는 광채가 났다.

매출이 좋은 매장을 골라 영역을 넓혀 갔다. 포기김치와 겉절이 등을 실현 행사하며 남편은 핸드 마이크로 현장에서 제품을 홍보하는 등 적성에 맞는 일을 하느라 행복해했다.

매장 순회 도중 라디오 뉴스에서 H 유통이 최종 부도났다는 소식을 탑차 안에서 전해 듣고 다리가 풀렸다. 담당 과장님의 배려로 판매한 대금은 결제를 잘 받았다. 투자한 설비비 천만 원은 추풍낙엽처럼 멀리 날아갔다.

장사와 장사치

호사다마라고 하더니 H 유통이 부도나서 기운이 빠졌는데 기아자동차 단체 급식소의 급식용 김치와 절임류(밑반찬) 계약이 체결되어 오랜 숙원 사업이 이뤄졌다.

직원들이 퇴근한 오후 6시 반 비상 발주가 나왔다. 직원들이 공장으로 달려와 한마음이 되어 많은 물량을 번개처럼 해냈다. 순풍에 돛을 달은 듯, 거래처도 늘고 안정권에 들어섰다.

연례행사처럼 가뭄이 길어지며 채소 가격이 4배 폭등했다. 일 년 단가를 체결한 거라 팔천만 원 가까운 손실이 났다.

오십 여일 버틴 남편은 채소 가격이 안정되는 시점에 성급한 결정으로 거래 중단 카드를 뽑았다. 그 바람에 손해를 본 금액을 만회할 시간을 갖지 못했다. 방송대 국문학과 재학 시절이었고 둘째를 출산한 1995년 십일월의 가을이었다. 아이를 낳고 쉬는데 앞길이 막막했다.

남편은 김치 시장이 중국산 김치에 잠식 당할 거라고 예견하고 후속대책으로 틈새시장을 공략하자고 했다. 김치라면, 김치버거의 액상 포기김치와 샐러드 김치, 피자와 볶음 김치 개발에 성공하였다. 식품 제조업의 시간은 돈이라고 생각한다. 노후화된 기계 설비도 제조원가에 반영해야 했다.

우리는 소비자에 대한 의리를 최우선이었다. 좋은 원료를 사용하다 보니 생산 원가가 많이 들었다.

엘지 마트 직영 매장을 3년 동안 고생해서 소비자의 마음을 얻고 매출도 오르고 자리를 잡았지만 이마트가 들어오면서 매출이 급감하였고 직매입으로 전환되면서 제품 판매 이윤이 손익분기점 아래로 떨어져 손을 뗄 수밖에 없었다. 산업재 원료용 김치와 농산물 전처리로 명맥을 유지했다.

의도하지 않게 회사 토지가 도로로 편입되었다. 6개월을 발품 팔며 식품 허가가 날 곳을 찾아다닌 끝에 신축 부지 953평을 매입했으나 건축비가 없어 살고 있던 이층집을 공사비 대물로 차감했다. 142평을 신축하고 위생 작업 환경을 조성하니 자금이 턱없이 모자랐다. 호형호제하던 형님이 사천만 원을 현금으로 싸 들고 왔다. 그 덕분에 공장 신축을 마치고 매출도 늘고 승승장구했다. 호형호제 형님이 후두 암에 걸려 수술을 받았으나 다른 곳에 암세포가 전이되어 하늘나라로 가셨다. 남편은 형님을 잃고 상심이 컸다. 빌린 돈은 금융권에서 신규 대출을 받고 가지고 있던 현금과 함께 정리했다.

2005년 하절기 채소 반란으로 가격이 5배 이상 폭등했다. 넘기 힘든 태산을 만나 우린 만신창이가 되었다. 엎친 데 덮친 격으로 2007년부터 김치 HACCP 인증 제도가 도입되어 설비를 바꾸는데 수억 원의 자금이 필요했다. 배추김치 HACCP 인증이 없어서 생명줄인 산업재 절단 김치 납품이 종료되었고 명단에서 배제되었다. 신제품인 김치 건면세대에 사활을 걸었으나 가라앉았다. 신제품이 태어나면 다 성공하는 것이 아니었다. 소 잃고 외양간 고친다고 하더니,

4년이 지난 후 금융권의 대출을 받아 배추김치와 기타 김치 해썹 인증을 받았다. 1년 후 농산물 전처리도 해썹 인증을 받았지만, 매년 여름 통과 의례처럼 폭등하는 채소 가격을 감당하기 버거웠다. 화성시 향남읍에 오백여 평 부지와의 인연이 있었다. 금융권의 손을 빌리지 않아도 되는 호조건이었다. 매입할 땅 진입로가 지역의 부호의 땅이라 찾아가서 사정했으나 불가하다는 통보를 받았다. 차선책으로 하남시에 사는 분에게 진입로로 사용할 땅을 매입하기로 약속을 받아냈다. 계약하려고 부동산에 전화했더니 매입할 토지가 바로 하루 전날 계약되었다고 했다. 그야말로 닭 쫓던 개 지붕 쳐다보는 꼴이 되었다.

우린 열심히 운영했으나 순이익의 대부분 이자 비용으로

지출되었다. 금융권의 최대 수혜자지만 원금을 상환하지 못해 매년 대출을 받아 돌려 막기를 할 뿐이었다.

금융권 결재권자분이 공장에 방문하여 우리에게 하는 말씀이.

"사장님, 원금 상환은 1년에 천만 원도 갚기 힘드니 기업 회생을 신청하세요. 우리야 이자를 받으면 되지만 사장님 열심히 사셨으니 원금을 분할 상환하도록 해 보세요. 한 살이라도 젊을 때 신청하셔야지요."

그분의 가르침대로 회생을 신청하였고 회생이 개시되었다. 회계 법인에서 진단한 결과 비용이 과다하게 지출되었고 이익금이 적다고 판단했다. 회계 법인 의견이 반영되어 회생 개시 3개월 만에 전격 기각되었다. 기초 자본금이 없는 우리는 금융권의 힘을 빌려 산 셈이다. 굳이 노예와 같은 삶을 살았다고 말하고 싶지 않지만….

열심히 살았지만 셈이 어두우니 장사치는 아닌 모양이다.

하늘로 오르는 계단

1.

2019년 2월의 첫날을 밝혀 줄 해가 구름 속으로 숨어들고 서울 하늘이 회색빛에 취하더니 부슬부슬 비가 내렸다.

우리 가족은 지하 역사로 내려가서 따뜻한 유자차로 온기를 넣어 주고 7시 집결 시간에 맞춰 지상으로 올라갔다. 여행객들이 버스에 오르자 출발했다. 차창에 달려드는 빗줄기를 밟으며 고속도로를 달린다. 창밖의 풍경을 감상하려고 했으나 가림막으로 막힌 유리창 때문에 낮인지 밤인지 구별할 수 없었다. 충청권역을 지나며 빗줄기가 함박눈으로 변신하여 포근하고 좋았지만 버스는 오리처럼 뒤뚱대며 걸었다.

두 시간 후, 정안휴게소에 도착하자 자유시간이 주어졌다. 2015년 10월 작은아들 논산훈련소 입소 때 들렀던 곳인데 전역하고 2년이 지나 같이 여행하니 실로 감개무량했다. 정안 휴게소는 왕갈비탕으로 유명한데 시간이 없어 그림의 떡이었다. 잽싸게 김밥을 사 와서 먹는데 주변 테이블의 김이 나는 왕갈비탕, 돈가스, 우동, 라면이 눈에 밟혔다.

 전주를 지나 내 고향 익산에 가까워지니 가슴이 뛰었다.
 청량한 햇살이 고향 방문을 격조 높게 축하해 준다. 야트막한 산과 끝없는 넓은 들. 냇가에서 우렁이와 조개를 줍던 갈래머리 소녀를 추억의 앨범에서 소환해 주었다. 냇물에 들어가서 개흙으로 엉성하게 둑을 쌓고 개망초 줄기로 거름망을 세우면 개울물이 따라왔다. 검정 고무신을 벗어 물을 퍼내면 물길을 따라 파닥대며 떠내려오는 붕어와 버들치, 미꾸라지를 고무신 다른 짝에 가뒀다. 물풀 속에 숨은 씨알이 굵은 붕어와 민물새우, 미꾸라지도 손으로 더듬어 잡았다.
 호남고속도로를 지나니 고향 집이 시야를 채운다. 아련한 고향 집에 하염없이 날 기다리는 엄마와 아버지, 할아버지와 할머니가 계신다. 달려가서 품에 안기고 싶다. 떨어지지 않는 발길을 돌려 남도로 접어들었다.

 2.
 향일암으로 오르는 길 입구에 버스는 여행객을 쏟아 놓고 주차장으로 떠났다. 애들 아빠는 숨이 차서 뒤에 처졌다.

향일암으로 가는 가파른 언덕을 두 아들 손을 잡고 갔다. 금오산 정기와 향일암 일출을 받으면 지긋지긋한 다리 통증이 떨어져 나갈 것 같았다. 웅장한 천연의 바위를 엮어 기암절벽에 지은 향일암은 불교 예술의 극치가 아닐지. 지옥과 천국은 백지 한 장 차이라는데 마음이 즐겁고 기쁘면 천국이고 극락이요 마음이 괴로우면 지옥이다. 성경에도 천국이 여기 있다 저기 있다가 아니고 바로 우리 마음속에 있다고 했으니 종교를 떠나서 마음이 즐거우면 천국이요 극락이 아닐지. 이순신 장군이 지켜낸 남도 바다를 내려다보니 감동의 쓰나미가 몰려왔다. 눈이 시리게 밝은 태양의 기를 받으며 한 폭의 동양화처럼 펼쳐진 여수 바다를 내려다보았다. 세속에 찌든 몸과 마음을 정화 시켰다.

향일암은 삼국 시대의 원효 대사가 창건하였고 관음 기도의 도량으로도 유명하다고 한다. 신라의 고승인 원효 대사가 백제의 영토인 남도 끝자락에 사찰을 세운 연유는 미래에 있을 삼국 통일을 예측한 것은 아닐까. 큰 바위 사이를 절묘하게 이어지는 통로를 따라가 보니 절벽 사이에 있는 대웅전의 웅장한 모습에 반했다. 바윗길을 따라 산에 올라온 동백꽃이 추위를 이기고 개화한 모습이 수줍은 새색시처럼 곱고 아름다웠다. 한국인 여행객이나 참배객도 많지만 외국인이 많은 것을 보니 향일암이 세계적인 명소인 모양이었다.

우리만 좋은 경치를 감상하고 있자니 올라오지 못한 애들 아빠가 걸렸다. 숨이 차서 올라올 수 없다던 분이 하늘로 오르는 긴긴 돌계단을 어떻게 올라왔을지… 웅장한 바위에 추억과 아름다운 기억을 아로새겼다. 발목과 무릎이 아파서 어떻게 내려갈지 꿈만 같았다. 어디서 그런 용기와 힘이 생겨났는지 하늘에서 세속으로 이어지는 많고 많은 돌계단을 수많은 인파 틈에서 한 계단 한 계단 내려가고 있는 나를 발견하고 놀랐다.

3.

향일암 오르는 길과 금오산 정상, 가로수 등에는 동백나무가 지천이다. 2월의 추운 계절에 핀 동백꽃은 자태가 곱고 아름다웠다. 산등성이에는 고목이 된 동백나무도 많았다. 해상 케이블카를 타기 위해 엘리베이터를 타고 올라갔다. 무색투명한 석영 광물질, 수옥이라 부르는 크리스털 케이블카는 투명한 유리 바닥이라 발밑 세상이 훤히 보여 무서워서 일반 케이블카를 탔다. 그 안에서 여수 시가지의 올망졸망한 지붕을 담고 가족사진도 찍고 엘리베이터를 타고 내려왔다.

이십여 분을 걸어서 오동도에 도착하니 땅거미가 지고 어두워서 산에 오를 수 없었다.

충무공 이순신 장군이 임진왜란 때, 오동도에 최초로 수군 연병장을 만들고 오동도 조릿대 이대로 화살을 만들어 왜군을 무찌르고 간담을 서늘하게 만들었다니 통쾌했다. 거북선 모형을 보니 감탄사가 절로 나왔다. 거북이 등의 뾰족한 침 때문에 왜적이 거북선에 오르지 못했으니 이 얼마나 경이롭고 신비한 일인가.

여수 밤바다에 섬광처럼 보이는 빛. 밤바다를 유영하는 유람선도 추억의 바구니에 담았다. 밤거리를 장식한 낭만 포차들. 노래 부르는 스님과 연주하는 젊은이. 여수 밤바다의 아름다운 정경은 동양의 나폴리가 아닐까.

무박 2일 밤잠을 설치며 여수를 찾은 여행객들이 고마웠다. 한밤중 뻥 뚫린 고속도로를 달려 새벽 5시 출발지인 서울의 시청 앞에 도착하였다. 우리는 첫 전철을 타고 신촌역에서 내려 택시를 타고 노고산동 작은아들 자취방에 가서 쏟아지는 잠을 채우고 점심은 여수 여행 마지막 일정으로 갈비탕을 먹었다.

고백

2010년 시월. 오대산에서 돌아온 남편은 시한부 인생길을 걷고 있었다. 철없는 나는 그런 사실을 눈치채지 못했다. 남편이 화성 집에 복귀하여 수원 대학 병원에 갔을 때 같이 갔더라면 간질성 폐 질환이 그처럼 무서운 병인 줄 알았을 것이다.

담당의 선생님이 금연하지 않으면 죽을 수 있다고 했다. 40년 피운 담배를 금연했으니 간질성 폐 질환이 나은 줄로 알았다. 매년 건강 검진할 때 내과 전문의가 탄광에서 일했냐고 물었다. 본인은 그 병의 심각함을 모르고 남편이 폐결핵을 앓은 자국이라고 했는데 그 말도 곧이들었다.

서울 토박이가 시골에서 살자니 정서가 맞지 않아 많이 외로운 것을 알아주지 못했으니 얼마나 외로웠을까, 나의 허점이고 큰 실수다.

한 번 망가진 폐는 재생이 되지 않는다는데 무지했다. 그런 사실을 알았더라면 2019년 추석에 친구분 집에서 대접받은 교양이 없다고 해도 귀한 양주를 빼앗았을 것이다. 당사자는 숨이 차서 화장실 출입조차 못하는데 본인이 아니니 상상이나 했겠는가, 미뤄 짐작조차 하지 못했다.

그 사람은 11개월 동안 침대 감옥에 갇혀 한 발자국도 움직이지 못하며 주어진 시간이 얼마 남지 않았다고 했다. 코 호흡이 가능해져서 식사만 잘 하면 나을 거라 믿었다.

근육이 쇠진되어서 갈비뼈만 앙상하고 옆으로 돌아눕지도 못하는 사람에게 나는 운동해야 산다고 잔소리를 했다.

그 사람이 떠나기 3일 전, 운동하기 싫어서 하지 않는 게 아니라며 아들들에게 몸을 일으켜 달라고 했다. 침대에 등을 기대고 앉더니 일으켜 주면 걷겠다고 말했다. 이십여 킬로나 빠져서 앙상한 모습이라 눈물이 났다. 처음으로 그 사람의 말을 백 프로 인정해 주고 뜯어말렸다.

2020년 10월 3일 마지막 유언을 남기고 상념에 잠긴 얼굴이었다. 내가 물어보았다.

"지금 무슨 생각을 그렇게 골똘히 하고 계신 거예요?"

"내가 당신이랑 살아온 인생을 되감기 해 보니, 당신에게 고생시킨 것만 생각나네. 한평생 고생만 시켜서 미안해!"

"남들에 비하면 고생한 거 아녜요. 당신이 거래처 접대하고 비위 맞추느라, 새벽 두 시에도 불려 다니고 고생이 더 많으셨어요."

그 사람은 서울로 올라가려고 채비를 마친 작은아들에게.

"아빠가 시간이 얼마 남지 않아서 그러는데, 너 오늘 서울에 올라가지 않으면 안 되니?"

목젖에 바짝 달라붙은 건조하고 힘없는 목소리이다. 두 아들과 나는 믿기 싫었다. 내가 작은아들을 전철역에 데려다주고 돌아오니 그 사람은 저녁 식사도 하지 않고 깊은 잠에 취해 있었다.

그 사람은 소풍을 떠날 준비를 마쳤으나 나는 인정하지 않았다. 마음 한편은 인정해야 한다고 하면서 인정하기 무서웠다. 다음 날 새벽 위급했다. 구급차를 타고 대학 병원에 갔다. 그 사람은 중환자실 집중 치료실에서 전혀 다른 모습으로 호스를 입에 물고 기계 호흡으로 12일을 버텨냈다. 입술이 터지고 힘들어하는 사람을 볼 때 가슴이 미어졌다.

그 사람의 시계가 멈추려고 할 때, 한 줌 심장이 뛰고 있을 때 내가 손을 잡고 고백했다.

"당신을 사랑해요. 나랑 결혼해 줘서 고마워요."

내 고백을 들은 그 사람의 꺼져가던 심장이 요동쳤다. 20% 남은 심장이 50, 60, 70으로 쭉쭉 올라갔다. 저혈압 쇼크로 밑바닥까지 내려간 혈압도 쑥쑥 올라갔다. 그분도 마지막으로 내게 사랑한다고 고백했다.

　사랑한다는 마지막 고백을 분명히 들었다.

　그 사람은 사랑한다는 나의 고백을 듣고 눈물을 흘렸다.

이별은 영화 대사 같은 것

1.

그 사람은 구급차를 타고 가는 동안 침묵하고 있었다. 전에 안과에 갈 때처럼 날 찾거나 부르지 않았다. 무섭다고 손을 잡아 달라고 하지 않았다. 숨이 막혀 더운 것인지 허름한 반팔 티셔츠를 입은 채 출발해서 그런지 춥다고 웅얼거렸다. 의료진에게 부딕하여 따뜻하게 담요로 덮이달리고 말했다.

추운 것을 느끼니 의식이 있는 건지 아니면 무의식에서 나오는 말인지 도저히 알 수 없었다. 구급차는 빽빽 소리를 지르며 새벽하늘을 날았다. 큰아들은 구급차 뒤에서 나를 쫓아왔다.

수원 대학 병원에 도착했다. 그 사람과 난 호적상 남남이라 보호자가 되어줄 수 없어 응급실에 따라 들어갈 수 없었다.

답답했다. 큰아들도 감기 몸살 기운이 있어 따라 들어가지 못하고 좁은 차에서 길고 긴 기다림으로 하루를 보냈다.

그 사람은 코로나 검사에서 음성이 나왔고 작은아들이 병원에 도착하여 아빠가 중환자실 집중 치료실로 올라가는 동안 보호자로 동행했다. 나와 큰아들은 환자 상태가 어떤지, 몸살이 나고 두통으로 쓰러질 거 같았다.

그 사람 말대로 시간이 얼마 남지 않은 모양이었다. 내가 어른이니 강하게 마음을 다잡아야 하고 어떻게 할지 결정을 내려야 했다.

대학 병원이니 생명이 연장될 수 있을까, 그건 하나님이 결정하실 일이며 신의 영역이었다.

병원으로 오기 전 새벽에, 그 사람의 영혼이 육체에서 분리되는 느낌을 받았다. 꼭 살려내고 싶었는데… 실낱같은 희망을 부여잡고 두려움과 피 터지게 싸웠다.

다음 날 아침 9시. 중환자실 집중 치료실에 들어가기 위해 일회용 가운을 입고 모자를 쓰고 비닐장갑을 손에 끼고 20분 동안, 가여운 그 사람의 얼굴을 마주할 수 있었다. 입 속에 기다란 호스를 물고 기계 호흡에 의지하고 있었다.

저혈압 쇼크가 계속 와서 주사로 혈압을 올리면서 생명을 연장하고 있었다.

주말과 휴일에는 아이들이 병원에 갔다 와서 하는 말이 아빠 코에 음식물이 주입되었다는 말을 전해 듣고 '이제 살았다. 먹으면 산다'라고 희망 고문을 했다.

집중 치료실에 환자복을 입고 기계 호흡을 하는 그 사람은 예전의 얼굴 모습이 아니고 처음 보는 낯선 얼굴이었다. 손발은 퉁퉁 붓고 입술은 터져서 너무나 불쌍했다. 병원에 갔다오면 집에 와서 하나님께 내 잘못을 회개하며 통곡하며 살려달라고 기도를 올렸다. 10년 넘게 교회에 나가지 않던 내가 마음이 급하니 하나님께 떼를 쓰면서 기도를 드리니 너무 죄송했다. 담당의가 목에 구멍을 뚫어서 연명 치료하는 방법밖에 다른 방도가 없다고 말했다. 그 사람은 생전에 유언하길.

"내가 만약에 숨을 쉬지 못하면 목에 구멍을 뚫어서 강제로 생명 연장을 시키면 안 돼, 그건 날 더 괴롭히는 거야. 부탁할게 **엄마, 너희들도 알았지?"

간절하게 여러 번 말을 했지만 우리는 귓등으로 들었다.

그런 말은 영화나 드라마에 나오는 대사로 생각했다. 산본의 대학 병원에서 2020년 2월 마음의 준비를 하라고 했지만 믿지 않았다. 편강한의원 원장님이 처방해 준 편강탕을 하루 5봉씩 물 대신 마시게 했다. 20여 일 병원에 머물며 영양제도 맞았다. 화성 집에서 8개월 반을 우리 옆에 머물며 방문 간호사를 불러 걷는 연습도 두 달 가까이 받으며 재활을 시도했다.

2.

그토록 보고 싶다던 형님이 도착하셨다. 누나는 마음만 오고 오지 않으셨다. 그 사람의 영혼이 형님을 보더니 반가워했다. 형님은 잠든 동생 얼굴을 보며 어린아이처럼 엉엉 울었다. 병실 안 커튼이 동시에 드리워졌다.

그 사람은 파란 캡슐 집에 들어가더니 엘리베이터를 타고 입안에 든 호스를 빼고 집중 치료실로 내려갔다.

이틀 후 그 사람과 마지막 만남이 있었다. 호흡 곤란으로 힘든 모습이 아니고 편안히 잠든 사랑스러운 얼굴이었다. 머리도 빗고 수염도 깎고 오랜만에 우리가 준비한 새 옷을 입고 파란색 신발도 신었는데 예뻤다. 그 사람을 무기력하게 만든 호흡 곤란은 없었고 평온하게 깊은 잠에 빠져 있었다.

내 기도를 하나님께서 들어주셨다. 못된 악령들이 그 사람의 영혼을 데려가지 않아 감사했다. 차가운 얼굴에 뽀뽀도 하고 손과 발, 신체를 만져 보았다. 다시는 만져 볼 수 없는 사람⋯ 그 사람은 작은아들이 그린 초상화 속으로 걸어 들어갔다. 그 사람의 흔적을 보니 인생이 너무 허무했다. 철없는 날 그토록 사랑한 사람인데, 한 줌의 재라니⋯ 생전에 좋아하던 목사님이 서울에서 화성시 추모공원까지 달려오셔서 추모 예배를 주도해 주셨다.

시간이 흘러서 보름만 있으면 그 사람의 첫 제사다. 생전에 좋아하는 한우 소갈비찜, 송편, 탕국과 밥 네그릇을 놓았다. 격식에는 맞지 않고 도리가 아니나 친정 부모님과 할머니가 천국에서 맏사위를 데리고 다니시라는 의미였다. 2005년 친정아버지가 대장암에 걸리셨는데 한사코 수술을 받지 않으셨다. 패혈증으로 쓰러져 삼 일 만에 깨어났을 때 하얀 쌀밥에 소고기뭇국이 드시고 싶다던 말씀이 생각나 애들 아빠 제사상에 같이 올려드린 것이다. 친정 할머니는 내 꿈에 나타나실 때마다 배가 고프다고 하셨고 꿈속에서 늘 할머니 진지를 차려 드셨다. 그렇게 세 분을 그 사람의 추도식에 초대 손님으로 모셨다. 천국은 외로움이 없겠지만 순전히 내 이기적인 생각이었다.

그 사람을 보내고 백이십여 일을 눈물바다에 빠져 살았다. 살아생전 좀 더 따뜻한 말을 해주지 못해 미안해서였다. 사랑하는 사람에게 열 번 잘해 주는 것보다 따뜻한 말 한마디가 자신감을 주고 효과가 있다는 것을 그 사람을 보내고야 깨달은 어리석은 사람이 바로 나였다.

말 한마디로 천 냥 빚을 갚는다는 속담이 실감 난다. 수채화를 배우고 그림을 그리면서 내 안에 쌓인 잘못을 뉘우치고 회개하며 슬픔을 태었다.

그 사람과의 추억을 마음속에 고이 간직해야 할 시간이다. 추억만 따로 선별하여 내 안의 금고에 별도로 보관하였다.

운명을 받아들이니 마음이 편안해졌다. 술을 마시면 하고픈 이야기가 길어져서 매번 모시러 다녀야 했지만, 그것도 행복이었던 것을 깨달았다. 아직도 이따금 그 사람 목소리가 환청처럼 들린다.

5부

고장 난 하루

내 머리의 기억 장치 센서가 고장이 난 걸까, 수영장에 갈 때 수건을 가져가지 않은 날이 몇 번 있었다. 수요일은 아령 운동인데 4주째 잊고 가져가지 않았다. 전날 저녁에 수영 가방 속에 아령과 수건을 넣어 두고 현관문 입구에 대기시켜 놓았더니 잊지 않고 가져갔다. 수영 강습이 끝난 뒤 샤워하고 수영복과 수영모, 수영 신발을 탈수시키는 도중. 아령은 수영 가방에 미리 챙겨 넣고 옷을 주섬주섬 입고 체육 센터를 나왔다. 집에서 점심을 먹고 시청으로 재발급한 여권을 찾으러 가는 길인데 뭔가 잊은 것처럼 찜찜한 기분이 들었다.

'찜찜한 기분은 뭐지? 분명히 가스 불도 잠갔는데….'

기억을 더듬었다. 시청에 도착할 무렵 '아차' 수영장의 탈의

실 탈수기에서 꺼내지 않은 지참물이 생각났다. 체육 센터와 멀어졌고 돌아오는 길에 챙겨 가기로 했다. 시청에 도착하여 청사 앞 주차장으로 올라갔다.

오랜 세월 시청에 다녔으나 시청 바로 앞 주차장은 항상 만원이고 빈자리가 없었는데 한산해서 이상하다고 생각했다. 자세히 보니 이런 문구가 씌어있었다.

"시청 직원은 언덕 아래 주차장을 이용해 주세요."

시민이 시의 주인 대접을 받는 거 같아 기분이 좋았다.

어디에 세울까 주차할 자리를 찾으며 엉거주춤 서 있었다. 애들 아빠는 새로 만든 여권을 찾으러 민원실로 들어갔고 나는 주차장에서 그를 기다리는 중이었다.

이십 년 넘게 눈 쌓인 언덕이나 빙판길 등. 두 아들의 초·중·고 통학을 시키면서 눈이 쌓인 언덕에서 차가 지그재그로 흔들릴 때마다 스릴을 느끼던 나였다.

빌라 주차장에서 주차하다 언덕 아래로 추락하고부터 주차에 대한 두려움이 뇌를 지배하고 있었다. 어정쩡하게 중간에 서 있는데 빵빵대는 소리가 들렸다. 지나가는 차량의 운전자가 나를 힐긋힐긋 바라봤다. '주차도 하지 못하면서 차는 왜 끌고 나왔나?' 하는 표정.

그제야 내가 진로를 방해하고 있음을 알았다. 주춤주춤 진행하다 두툼한 방지턱을 보지 못하고 쿵 들이받았다. 당황하여 방지턱 아래로 내려오며 또 다른 방지턱을 쿵 들이받았다. 차도 놀란 것인지 덜덜 떨었다. 넓은 공간으로 이동하는데 방지턱 두 개를 또 넘었다. 애들 아빠가 새 여권을 찾아왔다.

　시청을 나와 큰 사거리를 지나 언덕길을 올라가는데 '펑' 하는 굉음과 함께 앞바퀴가 쿵쿵 덜덜덜… 브레이크도 막무가내로 내 명령을 무시했다. 애들 아빠가 뒤를 봐주고 비상등을 켜고 차를 세우고 보니 오른쪽 앞바퀴에 바람이 빠져 폭삭 주저앉았다.

　24시 보험 서비스를 불러 바람을 넣어 보았지만 요지부동이었다. 서비스 차의 엄호를 받으며 근처 카센터로 갔다.

　예비 타이어가 기존 타이어의 반밖에 되지 않았다. 수레바퀴 타이어를 휠에 장착하고 거북이걸음을 뗐다.

　생사의 긴 행군 끝에 읍사무소 근처 타이어 가게에 들렀다. 휠에 맞는 타이어를 찾느라 한참을 뒤적이더니 찾아냈다. 타이어를 교체하는 동안 수영장에 가서 지참물을 찾아왔다. 타이어를 교체하고 나니 쌓인 피로가 날아갔다.

　영양도 챙길 겸 굴 무생채 재료를 사다 만들었다. 단맛이 모자라 설탕을 여러 번 첨가하고 먹어 봐도 여전히 짠맛이 나는 이유를 알 수 없었다. 무채와 기타 양념을 넣고 먹어 보았으나 여전히 짰다. 짠 이유를 몰라 멍하니 서 있는데 설탕통에 시선이 갔다. 설탕을 찍어 먹으니 달지 않고 짜다? 지금껏 설탕이라고 넣은 것이 어이없게도 정제염이었다.

내 기억 장치가 오작동이 잦아서 양념 통 뚜껑에 이름표를 써 붙였으나 뚜껑을 열어 놓은 탓에 읽을 수 없었다. 귀한 굴 도 듬뿍 들어가고 양념이 많이 들어갔으니 버리기 아깝고 그렇다고 짠 것을 먹을 수 없어 난감했다. 국물을 짜내고 먹어 봤지만 깊은 짠맛을 숨길 수 없다. 오늘은 그야말로 고장 난 하루였다.

머리에 번개처럼 번뜩이는 생각이 스쳤다. 무생채를 양념소 로 재활용하자는 명쾌한 답이 튀어나왔다. 척추 질환과 다리 통증으로 통증 주사를 자주 맞아서 내 몸의 기억 장치들이 고 장이 난 것일까? 이틀 후, 미루던 숙제를 마치려고 배추 두 포 기를 샀다. 배추를 4등분 하고 줄기에 정제염을 넣고 통으로 눌렀다. 소금은 소량만 넣고 절였더니 절임이 되지 않는다. 오 래 절이면 배추의 단맛이 빠져나가기 때문에 기다릴 수 없어 세척했다. 절임이 덜 된 줄기에 정제염을 바르고 짠 굴 무생 채로 양념소를 넣으니 그런대로 먹을만했다. 포기김치가 큰 통으로 한 통, 작은 통으로 한 통이 나와서 횡재한 기분이다. 인생을 살다 보면 의도하지 않은 일이 생기고 그 과정에서 엉 뚱한 결과가 나올 수 있지만 길은 언제나 열려 있다.

도전기

　몇 해 전부터 쌍봉산 근린공원에 가면 산 정상을 올려다보며 언제쯤 저곳에 오를 수 있을까 바라만 보았다. 오늘 드디어 쌍봉산 등산에 도전하는 날이다. 가파른 언덕을 올라와 불로문 주춧돌에 앉아 하늘을 향해 뿌리처럼 이리저리 뻗은 나무 계단을 올려다보며 갔다. 오른손은 밧줄을 잡고 왼손은 지팡이를 짚고 올라갔다. 계단이 많아 지루하니 한 칸씩 세며 올라갔다. 발목 통증과 족저근이 칭얼거려서 스트레칭을 하며 갔다. 계단을 올라가는 동안 앉아서 쉴 곳이 없어 두리번거렸다. 계단 옆 좁은 방지턱에 엉덩이를 걸치고 앉아 쉬었다. 남은 계단이 4분의 1 남았을 때 고마운 벤치가 있었다. 나를 위한 쉼터였다. 쉬면서 충분히 발목을 풀어 주었다.

쌍봉산 도전 소식을 두 아들에게 카톡으로 전송했다. 걱정과 응원이 담긴 귀한 메시지가 내 품에 날아왔다. 정상을 올려다보니 가파른 계단을 오를 일이 까마득하다.

맨몸으로 올라오기도 힘든데 가파른 산언덕에 많은 계단을 설치하느라 고생하신 분들은 얼마나 힘들었을까. 충분히 쉬고 정상까지 힘을 내서 남은 계단을 올라갔다. 얼굴은 붓고 힘들어도 마음은 새털처럼 가벼웠다. 정상까지 총 사백여 개 계단이었다. 정상에 올라가니 정자가 있는데 생면부지였다. 그 옆에 4층 높이의 전망대가 지역 사령관처럼 떡하니 버티고 서 있는데 격세지감이 들었다. 이십여 년 전 정상에 올라오면 주변이 탁 트여서 훤히 보였는데 소나무들이 그동안 많이 자라서 보이지 않았다.

4층 전망대에 올라가면 이 지역과 바다, 호수도 보이고 바다를 막아 만든 넓은 땅도 보일 것 같다. 전망대까지 올라가고 싶은 맘이 굴뚝 같았으나 혹시라도 발목에 무리가 올 수 있어 그쯤으로 만족하기로 하고 그만두었다.

이 지역에 35년 넘게 살면서 쌍봉산 정상에 정자나 전망대가 있는 것도 모르고 살았으니 어찌 이 지역 사람인가. 많은 날을 허리 디스크와 무릎 통증, 발목 통증 때문에 산에 올라올 엄두조차 내지 못했으니 딱한 일이 아닌가. 오다리 교정에 성공하면 전망대에 올라갈 것을 다짐했다. 15분 걸으면 발목이 너무 아파 수술을 받아야 할지 고민하지만 최대한 수술

하지 않고 버티고 있다. 허리 디스크도 병원에서 수술밖에 답이 없다고 했다. 통증 주사에 의지하며 2017년을 보냈다. 지역의 정형외과 선생님이 통증 주사는 뼈가 삭는다고 말리셨다. 통증 주사를 맞지 않고 버틴다. 2018년부터 2021년까지 하루 두 차례 이상 척추 강화 운동을 꾸준히 해서 수술 없이 허리 디스크와 척추협착증을 이겨 냈다.

발목 통증과 족저근도 운동으로 이겨 내리라 결심했다.

무릎 강화 운동을 열심히 한 결과 15년 넘게 언덕이나 계단을 내려가지 못했는데 이제 내려갈 수 있게 되었다. 2017년 수술을 받은 오른쪽 발목 때문에 왼쪽 발목에 의지하여 살다 보니 족저근과 발목 통증이 찾아왔다. 발목 통증 때문에 똑바로 내려올 수 없었다. 몸을 돌려 산 정상을 바라보고 뒷걸음으로 계단을 내려간다. 왼손은 밧줄을 잡고 오른손은 지팡이를 짚고 내려왔다.

블로문 주춧돌에 앉아 발목 스트레칭을 하고 가파른 언덕을 내려오니 기분이 좋았다.

오랜만에 큰아들에게 연어 초밥을 해 주려고 갔는데 가는 날이 장날이라더니, 연어가 없어서 광어회를 사 왔다. 기분이 좋아 두 달여 동안 미루던 염색을 하려고 까만색과 흑갈색을 반반 섞는데, 그만 까만 염색약이 와르르 쏟아져 까만색으로 염색할 수밖에 없었다.

운동 중에 캔 냉이와 시금치를 섞어서 된장국을 끓였다. 이십여 분 지나 머리를 감으니 예상대로 까맣다. 젊어지고 싶어 안달하는 사람 같아 너털웃음이 나왔다.

밥이 뜸이 들 때까지 욕조에 들어앉아 뭉친 종아리와 발목 피로를 풀어 주고 마사지를 했다.

광어 초밥을 만들어 냉장고에 한 시간쯤 넣었다. 초밥이 맛있게 숙성되는 시간이다. 큰아들과 앉아 광어 초밥과 냉이 시금치 된장국을 먹었다.

쌍봉산 정상을 다녀온 후 왼쪽 발목이 아프고 족저근으로 걸을 때마다 참을 수 없을 정도로 아팠다. 발목이 상태가 어떻기에 참을 수 없이 아픈지 궁금했다. 수원의 정형외과 전문 종합 병원에서 MRI를 촬영했는데 내 왼쪽 발목뼈 일부가 괴사했다고 진단을 받았다. 걷거나 서 있으면 못 견디게 아픈 이유를 알았다.

병원에서는 괴사한 부분을 긁어내는 수술을 권하지만 난 꼭 운동으로 이겨낼 것이라고 굳게 결심했다.

* 2021년 화성문화재단 문화지 여름호 "화분"에 실린 글 **

비우려고 하면

사용하던 노트북이 고장 나서 글을 쓸 수 없다. 그 덕분에 박완서 선생님의 에세이집을 완독할 수 있었다. 노트북에 쌍자음을 쓸 때는 자판에 힘을 가해 때리듯이 쿡쿡 찍어야 겨우 써진다. 그동안 내 글 속에 빠져 다른 분들의 글을 등한시했다. 내가 글을 잘 써서 그런 것이 아니고 마음이 급해서이다. 육십 고개를 넘었으니 언제 이 세상 소풍을 마치게 될지 몰라서 언제부턴가 서두르는 버릇이 생겼다. 미리 준비해야 후회 없이 인생을 마감할 거 같다. 막다른 골목에 들어섰을 때 준비하면 때는 늦은 것이니까. 골동품이 된 노트북처럼. 내가 세상에 존재하지 않으면 내가 쓰던 물건들도 노트북처럼 의미 없이 버려질 것이다.

살림이든 옷이든 더는 들리지 않으려고 하지만 돌아보면 아직도 버리지 못한 것들이 쌓여 있다. 특히 추억의 먼지가 쌓인 것은 쉽게 버리지 못한다.

시집올 때 사 온 그릇도 버리지 못한다. 유행이 지나서 투박하고 예쁘지 않지만 오래되었다고 버린다면 그것은 내가 버려지는 것 같은 마음이 들어서이다.

누군가를 사랑하면 내가 가진 생각이나 사고를 담은 그릇은 비워야 한다. 내면에 붙잡고 싶은 충동이 있는 걸까. 비우는 연습을 하지만 뭔가 채우려고 하는 몸짓을 한다.

쌍봉산 둘레길을 걸으면 화창한 날씨와 마주한다. 가끔은 아는 얼굴도 만난다. 화창하고 해맑은 하늘을 보면 왜 눈물이 나는 걸까. 좋은 경치를 봐도 눈물이 난다. 내가 우울증에 걸린 걸까, 우울증은 수채화를 만나고 멀어진 지 오래되었다.

사는 동안 건강하게 살기 위해 운동한다. 욕심일까. 이 세상에 왔다 긴 흔적을 남기기 위해 글을 쓴다. 내 맘 깊숙이 숨어 있는 감수성이 되살아나는 걸까. 누군가를 사랑하고 싶은 마음을 비우지 못했다.

사람의 그림자가 그리운 것일까. 비우려고 하면 채우려고 하는 회귀 본능이 발동한 건지 그 속내를 알 수 없다. 이 순간 지구가 사라져버린다면 내 손길이 닿았던 것들이 버려질 것은 자명한 일이고 주인을 잃은 물건이 우주 공간을 방황할 것이다.

아내가 이렇게 하자고 하면 청개구리 남편은 반대로 한다. 젊은 날 내 남편도 청개구리였다. 내 생각과 반대이던 사람이라 미움만 남은 줄 알았는데 시간이 흐를수록 그리움이 실핏줄처럼 드러난다. 나랑 호흡이 맞지 않는다고 투정을 부렸는데 지나고 보니 나와 의기투합이 잘 되는 사람이었다.

타임머신을 타고 과거로 회귀하고 싶다. 부질없지만 그 사람은 나랑 가장 잘 맞는 콤비였다.

내가 존재하지 않는다면 내 머릿속에 든 생각이나 감정이 무의미할 것이다. 내가 키우고 가꾸던 나무들처럼. 보내야 하는 것들을 놓지 않으려고 아등바등하는 날 본다.

박완서 선생님의 글을 읽으니 내 마음이 이해가 간다. 나도 어쩌면 어린 시절 고향 집 뒤란의 대나무 숲과 장독대 언저리의 아련한 추억 속에서 떠나지 못하고 평생을 움켜쥐고 사는 것 같다. 지워지지 않는 얼룩처럼 그 자리를 지키고 있는 것 같다. 오늘은 뭘 버릴까 하지만 챙기려는 반전이 고개를 든다. 가슴에 차곡차곡 쌓으려는 욕심과 채우려는 욕심의 굴레를 벗어나지 못하고 있다. 비우면 비울수록 채우려는 것이 인간의 본성이던가. 비운다고 하면서 채우려고 몸부림치는 나를 본다.

두 아들이 빠듯하게 생활하면서 매달 생활비를 보내준다. 작은아들이 나에게 일러스트를 배워 그림 동화를 그리라고 레슨비도 따로 보내 준다. 눈물이 나도록 고맙고 신통하다. 이십 대 후반 어린 나이인데 엄마가 변비로 고생한다고 비데도 설치해 줬다. 웬만한 집에는 비데가 설치되어 있겠지만 쾌변의 도움을 받으며 난 귀족처럼 살고 있다.

두 아들이 힘을 합해 글자가 잘 써지는 노트북을 사줬다. 난 너무 행복한 엄마다. 아들들에게 경제적인 도움을 줄 순 없지만 아들들의 행복을 위해 매일 하나님께 기도를 드린다.

예쁘게 사랑하며 격려해 주고 아름다운 인생이 되기를…

엄마는 자식들의 고향이다.

소원 풀이

마을 공동 우물을 지나고 옆집 탱자나무 울타리와 돼지 막
사를 지나면 대나무 울타리와 헛간이 있고 그 옆에 포플러가
수문장처럼 버티고 서 있는 집이 우리 집이었다.

울안 모퉁이에는 가지와 풋고추가 제철이면 달랑거리고 복
숭아와 대추가 철 따라 태어났다. 대나무 울타리 아래 딸기가
예쁜 웃음을 지었다. 대나무로 엮은 울타리가 옆집과 우리 집
의 경계였다. 옆집에는 굵은 기둥의 홍시 감나무가 한 그루
서 있는데 어린 소녀인 내게 부러움의 대상이었다.

가을이면 아버지 주먹만 한 홍시가 주렁주렁 매달렸다. 봄
이면 옆집 감나무에서 우수수 떨어진 노란 별꽃을 실에 꿰어
별 목걸이를 걸고 다녔다.

할머니 방 아궁이에 군불을 지피면 옆집 감나무에서 감이 떨어지는 소리가 내 귀에 또렷하게 들렸다.

측백나무 개구멍으로 들어가 떨어진 초록 감을 데려왔다. 한 입 베어 물었더니 펄쩍 뛰도록 떫은맛이다. 엄마는 내가 가져온 초록색 감을 쌀독에 묻어 주셨다. 일주일이 지나자 쌀독을 품은 초록 감이 선홍색 얼굴로 변장하였다. 쌀을 먹고 자라 초콜릿보다 달콤하고 맛있었다.

봉숭아 꽃물을 손톱에 들이면 초록 감이 한없이 커졌다. 분홍빛 웃음과 보랏빛 미소를 띤 과꽃이 등장하고 귀뚜라미가 노래를 부를 때 초록 감이 붉게 물들었다.

댓바람이 장난을 치며 옆집 감나무를 흔들었다. 감나무 가지에 올라앉은 쐐기가 발을 헛디뎌 내 목덜미에 기척도 없이 떨어졌다. 따갑고 가려워서 긁적거렸더니 툭 불거져 된장을 발랐다. 옆집 감나무의 홍시가 익어갈 때 내 마음도 이어 갔다. 찬바람이 감나무를 흔드니 주홍색이 되었다.

홍시는 풍선을 타고 가을 하늘을 날았다. 천둥소리에 놀란 감들이 비명을 지르며 우르르 굴렀다. 옆집 할머니의 허락도 받지 않고 홍시를 주워왔다. 야단을 맞을까 봐, 고양이처럼 발소리도 내지 않고 개구멍을 통해 감에게 달려갔다.

옆집 할머니가 측백나무 사이에 얼굴을 내밀고 내 이름을 불렀다. 무슨 일일까, 겁을 먹고 가 보니 쟁반 가득히 홍시를 건네주셨다. 내 얼굴이 기쁨으로 빨갛게 익은 홍시가 되었다. 소슬바람이 홍시를 떨어뜨렸다. 홍시 떨어지는 소리를 잘 듣기 위해 측백나무 높은 가지에 귀를 걸어두었다. 봄부터 늦가을까지 걸려 있었다.

어느 봄날 동생들과 숨바꼭질하느라 대문 옆 헛간 옆 대나무 울타리 틈으로 숨어들었다. 콜럼버스가 신대륙을 발견한 것처럼. 노란 별꽃을 발견하고 심장이 요동쳤다.

언젠가 옆집 홍시를 먹고 씨를 묻었는데 감나무가 되었다.

우리 집 감나무에서 홍시가 열린다고 생각하니 기쁨과 환희로 어깨춤이 절로 나왔다. 엄마처럼 감나무 뿌리 위에 짚을 태운 재를 듬뿍 얹고 잡초를 뽑아 재 위에 올리고 주문을 걸었다.

"우리 집 감나무야, 옆집 감나무보다 더 크게 자라렴!"

옆집 감이 탁구공만큼 커지니 우리 감은 구슬만큼 커졌다. 아버지처럼 돼지 오줌을 퍼서 감나무에 부어 주었다. 감나무가 목이 타지 않게 도랑물을 퍼다 주었다.

옆집 감이 어린 내 주먹만큼 커져도 우리 감은 구슬 크기에서 자라지 않았다. 샘이 나서 말했다.

"옆집 감아 다 떨어져라, 우리 감은 쭉쭉 잘 커지렴."

옆집 감나무를 시샘하는 주문을 외우고 말았다. 내 주문에 노여움을 탄 것인지 옆집 감은 날로 커졌다. 우리 집 감은 날이 가도 구슬과 동급이다. 서리가 내리더니 옆집 감이 말랑말랑한 홍시가 되었다.

할아버지는 우리 집 감나무 가지에 까맣게 익은 고욤을 내게 주셨다. 여러 개를 먹어도 배가 부르지 않아 우리 집 고욤백 개와 옆집 홍시 한 개와 바꾸고 싶었다.

사계절이 수없이 바뀌고 어느덧 중년이 되었다. 장날 홍시가 매달린 감나무와 단감나무를 사다 심었다. 몇 년이 지나도 별꽃을 피우지 않고 시름시름 앓고 있어서 물 빠짐이 좋은 곳으로 옮기고 거름흙과 퇴비, 개똥과 음식물 찌꺼기를 자주 묻어 주었다. 단감나무가 별꽃을 예쁘게 피워 평생 내 소원이 이뤄졌다. 노란 별꽃이 떨어지고 감이 매달리더니 까맣게 익어 갔다.

달콤한 고욤을 따서 먹으니 입맛이 씁쓸하다. 주먹만 한 단감을 기대했는데 고욤이라니? 실망하여 고욤나무 윗가지를 싹둑 잘라 냈다. 고욤나무가 아프다. 복수하려는지 곁가지를 늘렸다. 욕심을 내려놓고 고욤나무를 미워하지 않기로 했다.

2년 후, 옮겨 심은 감나무에서 감이 열두 개 매달렸다. 심술궂은 태풍이 익어가는 감 여덟 개를 데려갔다. 난생처음 우리 집 감나무에서 감을 따 먹는다는 기쁨을 만끽했다. 주홍색으로 익은 감 두 개는 맛있게 먹었다. 두 밤 자고 남은 감을 따

러 갔더니 감꼭지만 남았다. 이듬해에는 주홍색 감이 서른다
섯 개 열렸다. 새들이 몰려와서 감 잔치를 벌였다. 새가 먹은
부분을 잘라 내고 맛을 보니 무척 달았다.

평생소원이 이뤄졌는데 신이 나지 않고 서글프다. 감나무가
내 얼굴을 보더니 고개를 갸우뚱거린다. 감나무에게 속마음
을 전했다.

"네가 널 떠나야 해, 다시 만날 기약이 없지만. 홍시야, 넌
나의 영원한 고향이니 내 마음속에 언제든 자라고 있어. 새
주인에게 예쁜 사랑 듬뿍 받으렴! 내 소원을 들어줘서 정말로
고맙다. 사랑하는 나의 감나무야."

30초만 늦었어도

1.

2008년 3월 31일은 내 평생 잊을 수 없는 날이다. 30초 사이에 우리 가족이 생과 사의 갈림길에서 운명이 뒤바뀔 뻔했다. 화재 후유증으로 악몽에 시달려야 했다.

2000년 3월에 신축한 144평 공장 건물은 샌드위치 패널 건물이고 난연 패널이 아니었다. 우리 가족은 샌드위치 패널 건물 공장 안 사택에 살았다. 농산물 전처리 제조업을 했는데 배추, 대파, 생강, 마늘, 무 등을 세척 후 절단하는 일이라 물을 많이 사용했다. 2~4톤의 완제품을 20kg 포장하여 플라스틱 박스에 담아 차에 싣거나 냉장창고에 입고하는 등 3D업종이었다. 여자 직원은 내국인이고 남자 직원은 산업 연수생이었다.

연수생들은 사내 식당에서 LPG 가스를 이용하여 조석을 해결했다. 식당 옆에는 사무실이 있고 사택으로 들어가는 통로가 있어 나와 남편은 LPG 가스 중간 밸브가 잠겼는지 열려 있는지 수시로 체크했다. 저녁이면 앞마당과 뒤편 가로등을 밝히고 쪽문으로 나가 뒤편의 냉장고 실외기가 이상 없는지, 뒤편 화장실에 있는 전기난로와 수도, 우물 모터가 오작동하는가 체크했다.

화재가 발생한 날 저녁을 먹자마자 잠에 취했다. 밤 11시에 일어나 러닝머신 걷기 운동하며 중2 작은아들과 EBS 수학 강의를 시청하느라 TV 볼륨을 높였다.

갑자기 가로등이 '쿵' 소리와 함께 꺼지더니 잠시 후에 번갯불처럼 번쩍하며 가로등이 켜졌다. 가로등 안전기가 나갈 때면 흔히 있는 일이지만 그날은 유독 심했다.

바로 스위치를 내리러 나갔더라면 뒤뜰에 불기둥이 하늘로 솟는 장면을 목격했을 터인데 운명의 장난인가. 운동을 마치고 가로등 스위치를 내리러 가려고 했다. 일찍 잠자리에 들었던 남편은 가로등 스위치가 내려갈 때 굉음과 번갯불처럼 번쩍, 불이 들어왔다 나가기를 반복하여 신경이 쓰이자 거실로 나와 습관처럼 벽시계를 보고 운동하는 날 힐긋 바라보더니 사무실로 나갔다. 잠시 후 주방 문을 열고 고함을 질렀다.

"공장 뒤, 물탱크에 불났어, 불!"

불이란 말을 얼핏 들었다. 달빛이 하도 밝아서 식당으로 날 나오게 하려고 장난을 치는 줄 알았다.

불이 날 이유가 없는데 도저히 이해가 가지 않았다. 전날 LPG 가스 3통 모두 교체했는데 일촉즉발 위기의 순간 가스가 폭발하면 일대가 불바다가 되는 건 시간문제다. 남편은 밖에서 거실 창문을 열고 탈출하라고 소리쳤다. 얼떨결에 러닝머신 스위치를 정지시키고 TV 전원을 끄고 멍하니 그대로 서 있었다. 남편이 재차 소리를 질렀다.

"뒤뜰에 불길이 크게 번졌어, 빨리 창문으로 탈출해!"

탈출하라는 말이 윙윙 메아리처럼 반복 재생되어 들렸다. 뭐부터 해야 할지 머릿속이 온통 하얗다. 작은아들 방으로 갔더니 아들은 없고 방이 텅 비어 있었다. 안방으로 가서 긴 바지로 갈아입고 가방을 챙겨 나오는데 친정 할머니 말씀이 떠올랐다.

"급한 일이 생겼을 때 서두르다 보면 일을 그르칠 수 있으니 최대한 침착해야 한다."

전선을 타고 불이 옮겨붙을 것 같아 전기선 코드를 뽑았다. 거실로 나와 창문으로 나가려는데 '빠져나가지 못하면 어쩌지?' 마음은 급하고 행동은 굼떴다. 겨우 넘어갔다. 밖에 나간 내게 남편이 화재 난 경위를 대략 설명해 줬다. 지나가는 택시 기사님이 우리 집 뒤에서 불기둥이 솟구친 것을 보고 화재 신고하고 우리 대문으로 와서 직원들을 깨웠고 직원들이 뒤뜰로 달려가서 불을 끄러 갔다고 했다.

화재 현장에 도착하자 먼저 LPG 가스통 세 개를 옮기고 굵은 호스로 화마에 휩싸인 물탱크에 물을 분사했다. 뒤편 화장실의 물을 길어다 물탱크 몸체에 물을 뿌렸다. 뒤뜰에는 전기 모터가 두 개 있다. 하나는 지하수를 뿜어 올려 물탱크에 물을 모으고 또 하나는 물탱크에 모은 물을 작업장으로 내보내는 모터인데, 작업이 끝나면 물탱크에 물이 가득 채워질 때까지 모터 센서는 명령에 움직였다.

2.

모터 주위에 철분이 섞인 먼지가 쌓여 불이 붙은 것 같았다. 보온 덮개에 불씨가 떨어져 걷잡을 수 없이 불이 번졌다. 모터와 연결된 PVC 관을 타고 쌍둥이 물탱크를 감싼 동파방지용 보온 덮개에 불이 옮겨붙으면서 엄청난 크기의 불기둥이 하늘로 솟구쳤다.

식품 공장은 물이 생명이다. 동파 방지용 보온 덮개가 큰불을 키운 주범이 된 것이다. 에프아르피(FRP) 소재인 물탱크 두 개는 화마의 위력에 속절없이 녹아내렸다. 물탱크 안에 갇힌 공기의 압력으로 폭발하면서 엄청난 괴성과 굉음이 천지를 뒤흔들었다. 골짜기 거센 바람을 타고 화마는 뜨거운 불기둥을 하늘로 내뿜더니 순식간에 물탱크 지붕까지 집어삼켰다. 불기둥이 물탱크 두 개와 물탱크 위 지붕을 단숨에 태우고 본채 공장 건물로 멀리뛰기에 성공하여 불이 옮겨붙었다. 샌드위치 철판 사이를 종횡무진 롤러코스터 타며 스티로폼을 찾아다니며 단숨에 태웠다.

화재는 남의 이야기인 줄 알았다. 화재라고 설마?' 설마가 사람 잡는다는 말이 실감 났다. 우린 화마에 무방비였고 무장 해제 상태였다. 하늘 도화지에 아름다운 저녁노을을 그리는 언덕을 내려오던 택시 기사님이 우리 가족을 살린 수호천사다. 불길이 개망나니처럼 롤러코스터를 탈 때, 직원들은 굵은 호스로 물을 뿜었지만 중과부적이었다. 144평 공장 건물 전체를 삼킬 기세였다. 본채 건물에 불이 옮겨붙은 시점에 소방차 세 대가 달려와 발광하는 화마의 목덜미를 덥석 물고 놓아주지 않았다. 식당 안이 연기로 채워졌다. 연기를 감지한 화재경보기가 목청껏 소리 높여 울었다. 소방 호스의 물은 본채 샌드위치 패널로 옮겨붙은 불길을 빠른 속도로 따라붙었다. 화마는 두 겹 유리창을 태우고 패널 겉면을 뜨겁게 달구면서 거침없이 달려갔다. 늦게 뒷북친다고 내가 뒤뜰에 갔을 때, 물탱크에 붙은 불이 무서운 기세로 물탱크 지붕을 태우고 있었다. 본채에 옮겨붙은 불기둥을 보고 심장이 강한 나였지만 놀라서 온몸이 사시나무처럼 떨리고 다리도 후들거렸다. 소방차 3대가 쉬지 않고 물을 뿜었다. 본채 샌드위치 패널 건물로 진입한 화마는 유리창과 패널 겉면의 칠판을 달구고 속 안에 든 스티로폼을 찾아다니며 전속력으로 질주하자, 소방 호스가 화마의 숨통을 조였다.

큰불은 사그라지고 잔불이 헐떡거리며 숨 고르기를 했다. 화마는 파란 불똥을 날리며 거친 숨을 몰아쉬고 있었다. 물탱크에서 뛰어내린 파란 불똥이 옹벽에 물구나무서기 하더니 날 보고 비웃으며 하는 말이 가관이다.

"그렇게 초저녁에 나와서 좀 살펴보지, 누가 일찍 잠을 자랬어, 바보처럼?"

한 번의 방심이 무서운 화재를 낳았다. 소방대 화재 현장감독이신 과장님 말씀이.

"30초만 늦었어도 샌드위치 패널 공장 건물이 화마에 휩싸여 흔적 없이 사라질 뻔했어요. 천만다행 불길을 잡은 것이 천운입니다!"

과장님 말씀대로 불길을 잡은 것이 천운이라고 생각한다. 아비규환 생지옥 화재 현장에서 발악하는 화마의 최후의 모습을 지켜보았다. 큰불은 잡혔어도 소방차 물 호수는 쉴 새 없이 물을 뿜었다. 발을 동동거리며 잔불을 진압하는 직원들과 소방대원님 눈에서 물이 뿜어져 나왔다. 화재 현장의 소방대원님들과 직원들이 눈물겹도록 고맙다. 30초만 늦게 불을 발견했다면 우리 가족은 어떻게 됐을까. 생각만 해도 너무 끔찍해서 몸서리쳐진다. 그 후 뒤뜰에 놀러 온 달빛을 보고 불이 난 줄로 알고 놀라 심장이 쿵쾅거렸다. 철판과 철판 사이 스티로폼이 공업용 본드와 협착되면서 롤러코스터 타며 종횡무진 무서운 화마를 사는 동안 평생을 어찌 잊을 수 있을까.

*제3회 119 소방문화상 특별상 수상 작품

쌍봉산

걷기 운동하기에 딱 좋은 구름 한 점 없는 맑은 날씨였다. 간편한 차림으로 집을 나섰다. 길 건너 은행나무 가로수 길을 내려가서 롯데리아 매장을 지나 화성시 우정읍 쌍봉산 공원에 진입했다. 축구장을 지나 가파른 언덕의 시작을 알리는 돌로 만든 불로문 입구에서 백이십 개 나무 계단을 오르면 얼기설기 벽돌 계단 위 정자에 앉아 발목의 피로를 풀어 주었다. 좌우로 쌍봉산 둘레길 시작이다. 1km쯤 걷다가 마른나무 줄기에 걸터앉아 발목의 피로를 덜어 주었다. 가랑비가 내리니 마주치는 이가 없어 호젓해서 좋다. 혼자만을 위한 둘레길인 양, 호들갑을 떨며 눈에 밟히는 야생화도 핸드폰에 담고 갈참나무와 소나무, 아카시아의 꽃향기를 맡기 위해 마스크를 벗었더니 행복했다. 오르막길과 내리막길이 교차하여 지루하지 않다. 남모르는 은밀한 비밀을 가진 둘레길인양 호들갑이다.

둘레길을 반쯤 걸으니 등줄기에서 땀방울이 흘러내린다. '구구구구' 산비둘기와 휘파람새가 '휘이익' 노래한다.

세상의 잡음이 들려올 즈음 산꿩이 '꾹꾹' 침묵을 깼다. '찌르르' 산새들의 합창에 맞춰 발걸음이 가벼워진다.

자연의 멋진 연주와 노래에 달짝지근한 행복을 맛본다.

봄이 익어간다. 풀 향기 짙어지니 녹음이 깊어간다.

아픈 발목 때문에 몸이 점점 더 무거워진다. 아카시아 향기가 짙어지더니 하얀 꽃비가 바람 그네를 타고 춤을 추며 하늘에서 내려온다. 꿀벌들은 높은 가지에 매달린 아카시아꽃의 꿀을 나른다. 누군가 꿀을 모으기 위해 기다린 시간이다.

비탈진 언덕에 외발로 서 있는 나무는 진땀을 빼고 있다. 옆으로 길게 뻗은 뿌리, 굵은 뿌리를 땅속 깊이 내려 웬만한 바람에도 흔들리지 않고 서 있는 모습이 대견하다.

둘레길 위에 핏줄처럼 툭 불거진 뿌리를 밟지 않으려고 뿌리 사이 공간을 폴짝 건너다닌다. 장맛비에 떠밀려 비탈에 서 있는 나무는 벗은 몸으로 비스듬히 드러누워 덩치 큰 나무에 간신히 몸을 의탁해 지친 몸을 휴식하며 땅속 깊이 뿌리를 살찌운다.

뿌리가 반쯤 뽑혀 벌서는 나무는 남은 뿌리로 버둥거린다.

벌레들에게 속살을 내준 나무는 외로이 바람을 맞는다.

쌍봉산 둘레길 숲에는 여러 세대의 나무들이 공존한다.

한 시대를 호령하던 영웅들이 사라지고 미래의 나무들이 세대별로 자라는 모습이 내 눈에 클로즈업되었다.

산비탈에 몇십 년 동안 서 있는 나무가 굵직한 등을 내보이며 잠시 기대어 쉬어 가라고 속삭인다. 나무에 등을 기대고 서서 거친 살결을 만져 보았다. 등을 내어준 나무에서 세월의 무게가 전해진다.

누군가 고마운 손길이 느껴진다. 둘레길 옆에 늘어진 야생화를 정리하여 산의 속살이 훤히 들여다보인다. 전에 우거진 들풀 속에 숨어든 뱀이 예고 없이 등장해 깜짝 놀랐다. 저리 가라고 야단을 쳤는데, 지금도 그곳을 지날 때면 또 만날 것 같아 이리저리 살피게 된다. 공간이 훤히 보이니 숨은그림찾기를 하지 않아도 되니 고마워서 감사한 마음을 적어 나무에 걸어 두고 싶다. 들풀이 떠난 빈자리에 아카시아의 하얀 눈물이 흩어진다. 숲길을 길으면 소나무 가지에 놀고 있는 청설모와 만난다. "청설아?" 하고 이름을 부르면 날 빤히 쳐다보더니 내가 가까이 다가가면 잽싸게 소나무 가지 위로 올라간다. 내 발걸음 소리에 놀란 고라니가 산등성이를 내달린다.

"고라니야?" 이름을 부르면 더 빨리 도망간다. 수많은 생명체가 두 개의 쌍둥이 숲에 살고 있다. 우리는 숲에 사는 많은 생명체의 생로병사를 알지 못한다.

구부렁구부렁 작은 언덕이 나오면 정자와 가까워진다. 가랑비 두세 방울이 또르르 머리에 구슬처럼 떨어졌다. 산새들은 각기 다른 목소리로 고운 노래를 부른다. 코끝에 감기는 비에 젖은 참나무 향을 깊숙이 들이마셨다.

햇볕을 받아 화들짝 웃는 하얀 찔레꽃의 미소에 반했다. 청초하고 사랑스러워 품에 꼭 안아 주고 싶다. 아름다움 속에 가시를 품었는데 조선 시대 여인들의 정조를 지켜 주는 은장도와 같은 지조라고 할지. 찔레꽃 뿌리는 곪은 상처 치료와 발가락이 썩는 버거씨병 치료에 도움이 된다. 열매는 부종, 수종, 어혈, 관절염 치료에 좋고 줄기와 껍질은 부종, 산후풍, 어혈, 관절염 치료에 쓰인다고 한다. 찔레꽃 순은 혈액 순환을 촉진한다고 하니 찔레꽃은 그 쓰임새가 어느 것 하나도 귀하지 않은 것이 없다. 송홧가루가 나비처럼 너울너울 춤을 추며 날아갔다. 솔잎과 솔방울, 솔꽃을 넣고 담근 불로장생 술이 익었다. 잇몸이나 변비, 관절염에도 좋다고 하여 두 해 전에 담갔는데 톡 쏘는 맛과 향이 그윽해서 좋다. 솔향기가 술을 부른다. 가끔은 불로장생 솔방울 술을 마시며 가신 임의 사랑에 취하고 향기에 취한다. 둘레길을 걸을 때 비를 만나니 산 내음이 진해서 좋다.

쌍봉산 둘레길을 만나지 않으면 보고 싶어 몸살이 난다. 쌍봉산 둘레길과 깊은 사랑에 빠진 거 같다.

자화상

몇 년 전 우연히 화성시 팔탄면 월문 온천 탈의실에서 그녀를 만났다. 예전보다 나이가 들어 보이긴 했지만 여전히 밝은 얼굴이었다. 몇 년 후, 읍내 생필품 가게에 들어갔다가 그녀를 만났다. 교제하던 남자와 재혼한 모양이었다. 그녀가 변했다. 예진에 유미와 여유 있던 모습이 아니었다. 가게 앞에 장사하는 할머니에게 일회용 커피를 대접하면서 예전 상사인 내게 커피 한 잔을 할 거냐고 묻지 않았다. 예전의 그녀 같으면 상상할 수 없는 일이다.

지금의 내 얼굴은 어떤 모습일까, 허리와 다리가 아파서 찡그리다 보니 표정이 변한 건 아닐까. 나 역시 흰머리와 눈주름이 늘고 검버섯이 활짝 피었다. 내 모습이 마귀할멈처럼 험하게 변하면 어쩌지? 두렵다. 틈이 나는 대로 거울을 보면서 웃는 연습을 한다. 곱게 늙어야 하는데 내 모습이 변할지 몰라 걱정이다. 어느 날 큰아들에게 엄마인 내 모습이 변했는지 물었다.

"엄마는 변하지 않았어요. 다른 사람은 다 변해도 우리 엄마는 소녀 같은 얼굴이라 예쁘고 보기 좋아요."

큰아들의 말에 위로가 되었다.

눈은 마음의 창이고 얼굴의 표정은 사람의 향기다. 밝은 생각과 긍정적인 마음을 가지려고 노력한다.

친정아버지는 항상 밝은 표정이셨다. 세상일을 아버지가 믿고 의지하는 하나님께 맡기셨다. 힘든 마음과 외로운 마음을 기도하고 하나님의 위로를 받아 밝은 표정이셨고 얼굴에서 광채가 났다. 믿음이란 사람을 밝게 만든다.

나 역시 신앙을 가져 보니 마음이 편하다. 아버지는 큰딸을 바라보는 눈빛이 사랑으로 가득하셨다. 반대로 엄마는 걱정을 달고 사셨다. 월세와 공과금, 쌀과 연탄을 사야 하니 걱정이 많을 수밖에 없으셨다. 그땐 엄마를 이해하지 못했다.

결혼하고 살림하며 기업체를 꾸려가다 보니 십분 엄마의 심정이 이해되었다. 엄마는 발등에 떨어진 불부터 꺼셔야 했을 것이다. 아버지는 믿는 구석이 있어서 느긋하실 수 있다.

나 역시 사업체를 운영하다 보니 이리 빼서 저리 막고 저리 빼서 이리 막으며 외줄 타는 광대처럼 살았다.

매달 큰 금액을 주무르다 보니 십만 원을 우습게 알았다. 내 딴에는 아낀다고 아꼈지만. 좀 더 아끼고 살아야 했다. 친정아버지처럼 긍정적인 마음으로 살려고 노력한다.

지붕을 타고 날아온 책장

2017년 11월 빌라로 이사하면서 버리고 온 책장 안에 이십 대 직장인일 때 분할로 산 한국 단편 문학 전집과 40권짜리 세계 문학 전집을 가져오지 못했다.

솔직히 말하면 놓을 데가 없어 가져올 수 없었다. 삼십 년 가까이 갈고닦은 터전과 사업장이 근저당권자인 금융권에 소유권이 통째로 넘어갔다.

우리는 쫓기듯이 살고 있던 사택과 공장을 비워 줘야 했다. 아이들이 보던 위인전이나 과학 도서도 수십 권이 넘었지만 놓을 곳이 없어서 가져오지 못했다.

큰아이가 청년창업대출을 받아 월세 보증금을 마련해서 공장을 얻었으나 몸을 눕힐 방이 없어 중고 컨테이너를 두 개 사서 낮에는 사무실, 밤에는 방으로 이용했다. 컨테이너 작은 것을 하나 더 사서 옷가지와 짐을 넣었다. 끼니는 해결했어도 책을 가져오지 못해 마음이 무거웠다.

어릴 적 아이들이 쓴 일기장과 앨범은 보물이니 챙겨왔다. 가벼워 옮기기 쉬운 작은 책장 두 개는 데려왔다. 대부 받은 국유지 밭에 중고 컨테이너를 사서 작은아들이 가지고 놀던 총이나 장난감, 블록 같은 것을 쌓아 두었다. 컨테이너 지붕 귀퉁이가 미어져 바람이 들어왔다. 임시로 막았으나 시간이 지나자 비바람에 떨어져 나갔다. 그 안의 책과 장난감, 인형이 속수무책으로 흠뻑 젖었다.

망설이다 두 아들이 주는 매달 내게 주는 생활비를 털어 컨테이너 지붕 위에 패널 지붕을 얹고 내부도 바람이 들지 못하게 샌드위치 패널로 마감 공사를 단행했다. 컨테이너 겉면은 사포로 밀고 부식되지 않게 페인팅했다.

작은아들 졸업 작품인 <갈등하는 자아>라고 하는 스티로폼 소재의 3.5 미터 거대 조각상을 그 앞에 세우니 흡족했다. 작은아들이 대학교 입학 후 승용차 문짝에 정성껏 그린 비틀스 멤버 그림도 컨테이너 앞에 세웠더니 흐뭇했다.

며칠 동안 바빠서 그 밭에 가 보지 못했다. 천둥 번개 치는 밤에 그곳을 지나던 동네 분들이 허옇게 바랜 분홍색 조각상이 번갯불에 비쳤을 때 머리를 풀어헤친 섬뜩한 귀신으로 보였던 모양이다. 누군가 민원을 넣었다. 컨테이너가 불법 건축물이라며 일주일 안에 치우라는 통보와 조각상과 비틀스 그림이 그려진 차 문짝과 산적한 산업 폐기물을 치우지 않으면 토지 대부 계약을 해지한다는 공문서도 보내왔다.

농사를 짓다가 비가 오거나 더우면 그 안에서 글도 쓰고 기타도 치며 쉬려고 한 건데 소박한 꿈이 무산되었다. 생전에 남편과 고생해서 가져온 추억 어린 컨테이너인데 내키지 않았지만 공사비만 받고 당근마켓에 팔았다. 그 안에 있던 책과 장난감, 인형, 책장은 집에 가져왔다.

책장 두 개 색상이 제각각이라 어울리지 않아 거슬렸다.

내 공간에도 뭔가 작은 변화를 주고 싶었다. 당근마켓에서 중고 책장을 여러 날 검색했다. 색상이 맘에 들면 길이가 길어 우리 차에 실을 수 없었다. 한 달 넘게 검색하다 드디어 색상과 질감이 맘에 든 것을 발견하고 기쁨에 겨워 마음이 두근거렸다.

가로*세로 120cm 오만 원인데 삼만 원에 사기로 약속을 하고 오후 8시에 출발하여 평택시 안중읍으로 달려갔다.

큰아들이 집에 있으면 반대할 텐데 외출해서 다행이다. 현장을 목격했다면 차에 싣지 못할 거라고 말렸을 것이다. 나이가 들었어도 하고 싶은 건 해야 하는 고집불통인 나!

라세티 왜건 짐칸이나 옆문을 통해 책장을 집어넣으려고

애를 썼으나 책장 높이와 폭이 커서 들어가지 않는다. 고층에서 고생하며 무거운 책장을 내려왔는데 미안했다. 맘에 드는 책장이라 집으로 데려오고 싶은데 해답이 없어 멍하니 있는데 차 지붕을 보니 스키를 싣는 공간이 있다. 그곳에 책장을 올리기도 하고 뒷좌석 의자 방석을 빼서 깔고 그 위에 책장을 올리고 무릎 이불로 덮고 노끈으로 X자로 묶고 짐칸 고리에 V자로 여러 번 묶고 출발했다.

이십여 분이면 도착할 거리를 서행하느라 한 시간 걸렸다. 차 뒤의 유치장 닭기가 브레이크를 밟을 때마다 흔들려서 동여맨 노끈이 끊어질 거 같아 마음을 졸이며 운전했다.

우여곡절 끝에 남양호 다리를 건너고 나니 긴장이 풀렸다.

왕복 4차선 도로를 지나 우회하여 우정초등학교 방지턱을 넘을 때, 책장이 취한 듯 흔들리고 덜컹거려 가슴이 철렁 내려앉았다. 2킬로만 가면 집인데 거의 다 와서 책장이 떨어지면 어쩌나 조바심하며 운전하니 손에 진땀이 났다.

내리막길을 통과하여 드디어 빌라에 도착했다. 주차장의 천장에 책장이 걸릴까 염려했는데 닿지 않았다. 남은 숙제는 책장을 차 지붕에서 내리는 것이었다. 동여맨 노끈을 잘랐다. 어떻게 내려야 할까 걱정인데 번뜩이는 아이디어? 차 유리를 아래로 내리고 문짝 위에 무릎 이불을 덮고 책장을 허공에 띄운 채 살짝 내렸다. 책장 아래에 은박지를 깔고 밀어서 엘리베이터에 실었다. 무거운 책장이지만 은박지 덕분에 잘 미끄러졌다. 현관문을 열고 책장 밑에 발수건을 깔고 별로 힘들이지 않아도 무거운 책장이 자유자재로 잘 밀려갔다.

책장 놓을 자리 바닥을 깨끗이 닦고 책장을 놓았다. 비슷한 높이의 책들을 꽂고 약장의 약도 옮겨와 정리했다. 시간 가는 줄 모르고 책을 꽂았다 뺐다 하니 새벽 3시다. 백신 2차 접종한 날이라 오른쪽 발목이 무척 아팠다. 4시간 넘게 서성거렸으니 아픈 것도 무리가 아니다. 고생했지만 큰일을 해낸 것 같아 마음이 뿌듯하다. 나 자신에게 고생했다 잘했다고 칭찬해 주었다.

책장 맨 위에 얼굴의 표정이 착한 인형들을 앉혔다.

외출한 큰아들이 집에 오더니 책장을 보고 깜짝 놀랐다. 영업용 화물차를 불러 집으로 싣고 온 줄 알았는데 라세티 차 지붕을 타고 책장이 날아왔다고 하니 두 번 놀랐다.

책장을 놓으니 집안 분위기가 바뀌었다. 공간 활용을 했더니 거실이 넓어지고 어수선하지 않아 좋고 깔끔해서 합격이다.

일요일 교회에 갔다 와서 책장의 칠이 벗겨진 곳을 초콜릿색 아크릴 물감으로 칠했더니 새것처럼 그럴싸하다.

현수막

내가 사는 화성시 우정읍은 유일하게 지하철이 없다. 지하철을 이용하지 않으니 지하철 노선 정보에 어둡다.

모처럼 서울에 갔다. 신촌에서 지하철을 타고 수원으로 가는 도중 이십 대 때 부평에서 종로2가 학원까지 전철을 타고 다닌 기억이 났다. 신도림역에서 환승하면 시간이 단축될 거같아 내렸다. 하필이면 에스컬레이터가 없는 오래된 역사다.

발목 통증 때문에 한 발이 내려가면 다른 발이 따라붙으며 계단을 내려갔다. 올라오는 사람과 마주치니 창피했다.

전철로 한 정거장 가서 신도림역에서 하행선을 기다렸지만 오지 않는다. 할 수 없이 상행선을 타고 사당역에 내렸다. 동수원 방향의 노선 버스 출구를 몰라 우왕좌왕했다.

아날로그 세대라 지도 찾기를 검색하면 노선 정보를 금방 알 수 있는데도 찾을 생각은 하지 않고 버스 기다리는 사람들에게 노선 정보를 물었다. 오십 대 남자분이 고맙게 인터넷 검색으로 노선 정보를 찾아 주었다. 그곳에 가자마자 버스가 도착하여 기분 좋게 버스에 탔다.

동수원에서 업무를 보고 버스를 타고 수원역 환승 터미널 승강장에 내렸다. 오랜 세월 동안 운전하고 다녀 승강장이 생긴 줄 몰랐다. 애경백화점 앞에서 육교를 건너가서 동네로 가는 버스를 탄 기억이 났지만 바뀠을지 모른다는 생각이 들어서 지하상가를 더듬어 지상으로 올라갔다. 어이없게도 조금 전 내렸던 환승 터미널 버스 승강장이다.

마음을 바꿨다. 향남읍으로 가는 버스에 몸을 실었다. 기사님에게 내릴 정류장을 물으니 외환은행이 있던 자리가 하나은행으로 바뀠다며 그곳에서 하차하라고 했다.
좌석에 앉아도 무릎 보호대 때문에 다리가 많이 피곤했다. 바퀴 위 설치물에 다리를 올리니 쌓인 피로가 날아갔다.
달달달. 덜덜덜. 덜컹대며 시내버스가 달려간다. 대중교통을 이용하니 지구 반 바퀴를 돌고 온 거 같다. 차를 탄 시간보다 기다린 시간이 두 배 이상 걸렸다.
버스가 오거리에서 녹색 신호를 기다리는데 인도 위 가로

등과 가로수 위의 현수막이 팔랑대며 춤을 추었다. 그 앞에 파란색 화물차가 정차하고 차에서 내린 아저씨가 주저 없이 팔랑 춤을 추고 있는 현수막을 댕강 잘랐다. 좋은 주인을 만나고 싶은 현수막의 꿈이 산산조각 났다. 종잇장처럼 구겨진 현수막은 아무렇게나 차에 던져졌다.

현수막을 실은 화물차는 미련 없이 그 자리를 떠났다.

차를 타고 가다 보면 현수막을 걸고 떼는 장면을 본다.

한 장에 2~3만 원 하는 현수막 광고를 보고 행운을 거머쥘 주인공이 탄생할 수 있지 않을까. 허가된 광고 기둥에 걸렸더라면 짧은 생을 마감하지 않고 천수를 누렸을 것인데 안쓰럽다.

언젠가 시청 청사 아래, 주차장 한적한 곳에 수북하게 쌓인 현수막들의 공동 무덤을 보았다. 화려한 색깔로 문화의 옷을 입은 현수막이 뒤엉켜 있었다. 내 돈이 든 것도 아닌데 아까운 생각이 드는 건 왜일까. 시계를 보니 오후 5시다. 저녁 먹을 시간이란 건 배꼽시계는 용케도 기억해 낸다. 점심을 건너뛰어서 그런지 시장기가 몰려왔다. 팥을 먹고 사는 보약 중의 보약인 잉어를 먹었다.

통증에서 자유롭기

1998년 3월 서울에서 업무를 보고 내려와 수선을 맡긴 차를 찾으러 카센터에 갔는데 어둑해진 초저녁이었다. 차 주변을 한 바퀴 빙 도는데 돌연 발이 허공에 떨어졌다.

그 순간 안고 있는 작은아이가 다칠세라 본능적으로 몸으로 아이를 감싸 안았다. 우리가 빠진 곳은 자동차 오일 교환이나 하부 수선을 하기 위해 파놓은 1미터 깊이의 구덩이였다. 다행히 아이는 다친 곳 없이 무사해서 너무 감사했다. 심장이 쿵쿵 뛰었다.

놀란 가슴을 끌어안고 집으로 왔다.

다음 날 아침, 난 허리가 아파서 옴짝달싹할 수 없었다. 수원 척추 질환 전문 병원에서 고압수 치료와 물리 치료를 받고 한방 병원에서 침을 맞고 부항을 떴는데 선지처럼 엉킨 핏덩이가 나왔는데 삼십 대 후반이라 회복이 빨랐다.

2005년 7월 업무차 구불구불한 충북 진천 백곡저수지 옆 편도 1차선 도로를 앞차인 초보 운전자가 3킬로 거리를 20~30킬로 거북이걸음을 걸었다. 뒷차 운전자들이 수없이 경적을 울렸다. 바로 뒷차가 내 차와 앞차를 앞지르기했다.

나도 앞지르기하려다 맞은편에 차가 와서 그만두었는데 갑자기 앞차가 급정지했다. 앞차를 들이받지 않으려고 급브레이크를 밟았지만 내 차 속도(60킬로) 때문에 앞차를 사정없이 들이받았다. '꽝' 하는 굉음이 골짜기를 뒤흔들었다. 순간 혼이 나간 건지 멍하니 앉아 있는데 뒷차 운전자들이 내 차로 몰려와서 창문을 두드리며 나를 깨웠다.

우리 차 앞부분이 엔진을 빼고 종잇장처럼 구겨졌다. 어이없게도 앞차는 뒤쪽에 달린 설치물만 달랑 떨어졌다.

앞차 운전자는 햇병아리 왕초보라 운전이 서툴렀다. 앞차를 얻어 타고 정비 공장에 가고 우리 차는 견인되었다. 앞차가 급정지한 이유는 내 뒷차가 보복 운전을 한 거였다. 뒷차는 줄행랑치고 내가 앞차를 대인 대물 보상처리했다. 차를 정비 공장에 맡기고 택시를 타고 업무를 보고 왔다. 그 사고로 척추 질환이 만성 통증으로 발전했다.

허리 통증과 다리 통증으로 주사 치료와 견인 치료, 침 치료, 물리 치료, 특수 치료를 한동안 받았으나 개선되지 않았다. 화장실 문턱에 걸려 넘어져 다리와 얼굴이 퉁퉁 부었다.

2019년 빌라 주차장에서 주차하다 펜스를 밀고 언덕 아래로 추락했다. 진행하면 찻길로 뛰어들어 큰 사고가 날 것 같아 급히 시동을 껐다. 반항하던 차가 이성을 찾았다.

차 문을 열고 나와 보니 뒷바퀴는 주차장에 간신히 걸려 있고 앞바퀴는 언덕 아래에 엉거주춤 멈춰 서 있었다.

사고 후유증으로 입원하여 아침, 저녁으로 물리치료와 주사 치료를 받으니 지긋지긋한 다리 통증에서 벗어났다.

친정어머니처럼 허리 통증과 무릎 통증으로 노년기를 보낼 수 없다. 건강해야 자식들에게 짐이 되지 않는다.

2018년 주민센터에서 기타를 1년쯤 배웠다. 한쪽 발을 올려놓고 기타 연습을 했더니 허리가 지그재그로 틀어져 통증이 가중되었고 심한 통증으로 참을 수 없었다. 수원의 S병원에서 MRI를 찍었더니 허리가 C자로 휘고 왼쪽 척추 3번과 4번, 오른쪽 4번과 5번이 척추 디스크와 추간판 탈출이라 수술 밖에는 답이 없다고 판독했다. 수술해도 재발하지 않는다는 보장이 없어 통증 주사로 1년여 버텼다.

지역의 정형외과 전문의 선생님이 통증 주사는 뼈가 삭는다고 여러 번 말씀하시며 날 말리셨다. 통증 주사를 끊고 척추 강화 운동을 하루 2~3회, 3년 넘게 매일 운동했다. 일주일에 4일 이상 걷기 운동도 병행했다.

그 결과 허리 통증이 개선되어 무리하지 않으면 크게 문제

없다. 가끔 밭에 가서 일하면 허리가 아플 때도 있지만 그때는 집에 와서 척추 강화 운동을 하고 잠자리에서 일어나기 전 침대에서 팔을 짚고 허리를 뒤로 최대한 제치는 운동을 하면 허리가 크게 불편하지 않는다. 허리 통증에는 걷는 운동이 최고지만 척추 강화 운동으로 척추뼈를 강화해 주고 다져주면 크게 무리가 없다.

2021년 봄 어느 순간 오다리 걸음을 걷고 있었다. 오다리 걸음을 고치는 특별한 스쿼트를 시작했다. 두 손을 앞으로 내밀고 발목과 무릎을 붙이고 엉덩이는 뒤로 빼고 하나에서 열을 세며 매일 60회 이상 운동했더니 교정됐다.

고질병이던 무릎 통증에서 벗어나고 싶었다. EBS 명의 선생님 가르침대로 의자에 걸터앉아 무릎을 펴고 발바닥을 '니은 자'로 만들고 하나에서 다섯까지 세며 발목을 내리는 운동을 하루 300 이상했더니 무릎이 강화되었다. 그 덕분에 의자에 오래 앉아 있을 수 있고 뭉친 종아리 근육두 풀어졌다. 두 달 이상 지속했더니 언덕이나 계단을 거뜬히 내려갔다.

무릎 통증을 잡으니 마음이 밝아지고 자신이 생겼다. 쌍봉산 둘레길 걷는 것에 재도전했다. 2킬로 걷는데 네 번쉬었다 걸었지만 45일 후에는 쉬지 않고 단숨에 걸을 수 있었다.

모든 병은 마음에서 온다. 나을 수 있다는 믿음을 가지면 통증을 이겨낼 수 있다. 꾸준히 운동하는 것이 답이다.

2022년 11월 현재. 실내 자전거 타기 30분, 무릎 강화 운동 15분(400회), 스쿼트 60회, 척추 강화 운동, 요가 일부와 발목 강화 운동, 뱃살 빼기 운동을 했더니 뱃살도 빠졌다.

괴사한 왼쪽 발목뼈로 수술하지 않고 발목 강화 운동을 3주 동안 했더니 무리하지 않으면 통증이 심하지 않다.

운동은 나와의 집요한 싸움이다. 꾸준히 운동하면 어느 날 지긋지긋한 통증에서 벗어난다. 지팡이 짚고 다니던 5년 전을 생각한다. 운동으로 통증을 이겨내지 않았다면 어떻게 되었을까? 입찬소리해 본다.

저 양성입니다, 축하해주세요

2022년 2월 23일 5일 전 감기 기운이 있었다. 감기 몸살에 걸린 큰아들이 키트 검사했는데 연속하여 음성이 나왔다.

3일째 아침 출근길, 아들은 코로나 키트 검사 해 보니 양성이 나왔다. 아들과 같이 지냈으니 잠자코 선별 검사소에 따라 나섰다. PCR 검사 결과 아들은 양성인데 난 음성이 나왔다.

나도 아들처럼 3일 동안 목이 아프고 몸살 기운이 있었다. 백신 접종했을 때처럼 근육통이 미세하게 있고 기운이 없고 자꾸 눕고 싶었다. 코로나 출몰하기 전 매년 일 년에 한차례 감기 몸살을 심하게 앓았다. 열나고 목 아프고 콧물이 나고 식은땀을 흘리며 3일 동안 끙끙 앓아눕는 것이 연례행사였다.

2021년은 백신 접종을 세 번 하고 독감 주사도 맞았는데 연례행사가 없었다. 지금은 그때처럼 심하게 아프지 않고 백신 접종한 때처럼 정신이 몽롱하고 기운 없고 뼈마디가 노곤하고 드러눕고 싶고 입맛이 없는 정도이다.

나는 일 년 열두 달 입맛이 없는 사람이었다. 마치 먹기 위해 태어난 사람처럼 음식 앞에 체면 불고하고 쩝쩝대며 맛있게 먹었다. 누구든지 먹고 있는 내 옆에 있으면 입맛이 난다고 했다. 20대 때, 맛있게 먹는 나를 보며 평생 입맛이 없으신 할머니가 내게 말씀하셨다.

"네가 먹고 있는 게 그렇게 맛있니?"

"네, 할머니. 정말로 맛있어요."

할머니가 한 입 드셔 보더니 맛이 없다고 고개를 저으셨다. 평생 사용하던 아랫니가 깨져 임플란트하고 입술 한쪽이 얼얼하여 짠맛과 쓴맛만 느끼고 입맛이 쓰다.

"나도 입맛 좀 없어 봤으면 소원이 없겠다."

라고 입바른 소리를 해서 벌을 받기라도 한 것일까, 생선류는 좋아해서 잘 먹는 편이지만 입맛이 영 제로다. 그 덕분에 체중이 60킬로대 초반에서 50킬로대 중반으로 내려갔으니 엉겁결에 로망이던 다이어트에 성공한 셈이다.

감기 몸살에 걸리고 4일째 되는 날은 몸살기가 전혀 없었다. 몸의 컨디션이 좋아 평소대로 무릎 강화 운동, 스쿼트, 척추 강화 운동, 실내 자전거 타기 등 운동을 했다. 땀 흘리며 운동한 후 목욕통에 이십여 분 반신욕도 했다.

다음 날 아침에 일어났더니 몸이 무겁고 온몸이 노곤하며 눕고 싶었다. 키트 검사를 하고 싶었으나 하루 이틀 참았다.

2022년 2월 마지막 날, 수원에 일이 있어 갔다 오며 향남 선별 진료소에 들러 목과 콧구멍에 PCR 검사를 했다. 삼일절 휴무라며 밤 10에 문자로 결과를 보내준다고 했다. 밤 10시 5분 "양성" 문자가 왔다. 아이들과 지인에게.

"저 양성 나왔으니 축하해 주세요!"

라고 전화도 걸고 문자와 카톡을 보냈다. 코로나19 오미크론 별거 아니다. 대단한 놈으로 알았는데 걸리고 보니 매년 앓던 감기 몸살의 십 분의 일 수준이다.

2021년은 백신 3차 접종과 독감 주사를 맞아 몸에 항체가 생기고 면역력이 생긴 것일까.

연일 16만 명이 확진되었다, 17만 명이 확진되었다고 해서 엄청 센 놈으로 알고 주눅이 들었는데 이번에 아파 보니 크게 걱정할 필요 없다. 괜히 무서워서 쩔쩔매고 살았다.

평생 흡연하고 산 사람도 아니고 애주가도 아니니 호흡기가 나쁠 이유가 없지 않을까. 감기 몸살보다 약한 녀석을 두고 왜늘 호들갑일까. 이렇게 가벼운 감기 몸살은 난생처음 앓아 본다.

오미크론에 걸렸지만 매일 머리도 감고 샤워도 한다. 매일 하던 집 운동은 완전히 나을 동안 며칠 쉴 예정이다. 후유증으로 목이 2주 동안 간질거렸는데 생강차를 마시고 윤폐탕을 4일 정도 복용했더니 깨끗하게 나았다.

된장 살리기

2015년 2월, 짜서 먹을 수 없는 된장을 살리기로 했다.

전날 보리쌀을 불리고 죽처럼 푹 퍼지도록 오래 삶았다. 2014년 봄. 우리 회사 12년 근속이던 반장님이 정년퇴직을 앞두고 담가 주신 마지막 작품인데 시골 분이라 맛이 변하지 말라고 짜게 담가 주셨다.

된장찌개는 된장이 많이 들어가야 구수한 맛이 나는데… 예산 친구가 준 커다란 항아리에 된장을 네 말 담그고 항아리에 곰팡이 생기지 말라고 유리 뚜껑을 덮었더니 물기가 증발하여 된장 표면이 춘장처럼 까맣게 되었다. 항아리 속 안에는 금색 된장인데 너무 짠맛이라 아쉽다.

서울 대림동 G 웨딩홀에서 이종사촌 여동생의 아들 예식이 오후 2시 반이라 12시에 출발하려고 했다.

서울로 떠나기 전 보리죽 솥을 열었더니 보리밥이다. 물을 더 붓고 불에 올리고 지켜보느라 늦게 출발했다. 서울 길을 한 시간 헤매다 보니 예식이 끝나고 도착했다.

이종사촌들 얼굴만 보고 식사하고 화성으로 내려왔다. 외출하고 집에 오니 보리죽이 푹 퍼져 있고 잘 식었다. 팔을 걷고 짠 된장을 퍼서 보리죽을 섞어 주었다. 일품 보리된장이 탄생할 거 같은 예감이 든다. 보리죽을 넣었더니 된장의 양이 보리죽만큼 늘어났다. 한 달만 기다리면 짜지 않은 구수한 된장찌개를 먹는다는 기대감으로 질 좋은 뚝배기를 하나 사 왔다.

또 하나의 계절, 화성

초판 1쇄 발행 2022년 12월 30일

지은이 이숙한
펴낸이 이재무
기획위원 김춘식, 유성호, 이형권, 임지연, 홍용희
책임편집 박예솔
디자인 이라희

펴낸곳 (주)천년의시작
등록번호 제301-2012-033호
등록일자 2006년 1월 10일
주소 (03132) 서울시 종로구 삼일대로32길 36 운현신화타워 502호
전화 02-723-8668
팩스 02-723-8630
홈페이지 www.poempoem.com
이메일 poemsijak@hanmail.net

ISBN 978-89-6021-692-1(03810)
값 15,000원